民主与建设出版社，2020

图书在版编目(CIP)数据

101朵花开/宋灵慧著.—北京：民主与建设出版社，2020.2

ISBN 978-7-5139-2932-5

Ⅰ.①第… Ⅱ.①宋… Ⅲ.①散文集—中国—当代

Ⅳ.①267

中国版本图书馆CIP数据核字（2020）第033069号

101朵花开

101 DUO HUAKAI

作　者	宋灵慧
责任编辑	周佩芳
封面设计	陈　姝
出版发行	民主与建设出版社有限责任公司
电　话	（010）59417747　59419778
社　址	北京市海淀区西三环中路10号望海楼E座7层
邮　编	100142
印　刷	唐山楠萍印务有限公司
版　次	2020年7月第1版
印　次	2020年7月第1次印刷
开　本	710毫米×1000毫米　1/16
印　张	13
字　数	200千字
书　号	ISBN 978-7-5139-2932-5
定　价	49.80元

如有印、装质量问题，请与出版社联系。

主编 凌翔

第101朵花开

宋灵慧 著

民主与建设出版社
·北京·

序
高海涛

与人类一样，花草树木各自扮演着不同角色。各自都是那一个，而那一个却什么也不是。这种混沌状态一旦与宋灵慧的巧妙互衬相遇，便获得了意义。

本书的开篇，宋灵慧就在《倚窗》里，用意义的密码打开了人们的心窗，"一扇窗，一双眼；一双眼，一扇窗。每扇窗里，都是独自的一片天。"结尾更加明朗，"如果你凭心而倚，世界真的就会遍地是窗。"

是谁给了宋灵慧对万物如此的思考方式？

《中国国家地理·长江特辑》里有一个"双河结构"，长江与黄河源头接近，但很快分道扬镳。黄河北上画了"几"字，长江南下写下"V"字，形成一个极力往外扩展怀抱。这很容易让人想到宋灵慧的村庄，"从家后坑往西，一条大沟连着祁家坑，往南是娄家坑，最后通到村南的滹沱河；家后坑往东，一条大沟连着王家坑、李家坑、刘家坑、于家坑，最后也到了滹沱河。一圈水坑拢着，小村子多像戴着一条大项链啊！"

看着这一圈坑长大的宋灵慧,当得知这些坑是两千多年前黄河与滹沱河改道留下来的时候,沧海桑田点燃了她的思考方式,并渗透进她写下的每一个文字里。

在《问草》里,宋灵慧站立的土地两侧,望到的大堤之间,是给洪水留的路。女儿三岁那年走过一次洪水。女儿问,水里都有什么?宋灵慧说,有鱼虾,有玉米、高粱、大豆、谷子,有草,还有虫子。现在被洪水淹没过的地方,还是草、还是庄稼、还是虫声,以及一望无际的宁静。

在《吃草》里,"这故事讲着讲着,姥姥就去了长满草的坟墓。烧纸的日子,我不哭,看着草疯长,我不觉得荒凉,觉得姥姥又变回了草,变回了自己。"

在《玩泥》里,"聋子奶奶捏着泥人还讲故事。说世上的人啊都是泥变的,从前有个奶奶,捏了好多泥人,一吹气,泥人变成人了。"

宋灵慧的文字世界里,人与草是可以互换的。

"种地吃饭是人类的天职,人本来就是玉米做的。"在《玉米人》里说这句话的是危地马拉作家米盖尔·安赫尔·阿斯图里亚斯,拉丁美洲魔幻现实主义文学流派的主要创始人。危地马拉印第安人心目中,人靠玉米维持生命,玉米即是人;人死后可以使土地肥沃,帮助玉米生长,人即是玉米。

一个人司空见惯的生活场景,在宋灵慧这里转变成对人生的诘问。她充分打开了草的语义空间,就像黄河的"几"字与长江的"V"字。让人们观察世界的视角产生变化,从而缓解了快节奏生活带来的压力。《守墙花开》里,"如果女人是各种花,母亲就是守墙花。"宋灵慧这里的母亲,不是一个母亲,也不是众多母亲,而能让生活过成花的女人。"四十年,母亲当了奶奶,祖奶奶,一如既往地喜欢侍弄花。那双手苍老,暴筋,但不再粗粝。跟着花开的脚步,母亲欢娱着;跟着花落的脚步,母亲摘种子，包起来，送人。"正因为有了花精神，病魔在医院侵袭着亲人，莫大的压力面前，宋灵慧破解了"老树的密码"。

宋灵慧并没有到此止步，而是继续让花的意义延伸至《叶里花魂》，"枣花是最不像花的花。自古入得诗文、上得书画的花，无非几点资本必具其一：姹紫嫣红之色，婀娜妩媚之姿，凌霜傲寒之骨。拥姿色者惹人怜爱，拥气质者令人敬仰。枣花都不是。"正如帕斯在《弓与琴》里所强调的，"在一切散文的深处，无一不涌动着一条无形的节奏的潜流，尽管囿于论述的种种要求，这条节奏的潜流或多或少不免变得涓细。"这在宋灵慧散文里得到了充分体现。这样一来，宋灵慧的"碎事"便成了哲学的细部脉络。便把一成不变的散文，赋予了新节奏。这篇散文里有这样一典型的句子，"一簇簇地，它们聚在叶里，悄悄地做着自己为花的事情。""不拼颜值，只求内在，应该是最具花的神韵吧。"铿锵节奏中，时不时激起绢细的浪花。放缓节奏的同时，烙印便打在人的头脑里，让你不得不去思索。

母亲固执地把蜀葵叫作守墙花，因为这个名字里有太多包含。母亲是浪漫的，她在祖母声声抱怨中，"闲心"在墙根下种上守墙花，而不是去种能见到收获的丝瓜扁豆；母亲像大地，是生命的孕育者，"院子里种一墩花，身边养着一群孩子，母亲很满足"；为了生命的成长，母亲吞下孤独与思念，"盼着吧，等守墙花开了，你爸爸就回来了"，还有麦田里的劳累。

俗话说，人活一口气。这口气，不同的人身上，会表现出不同的方式，花儿也是这样。比如，《簪花满髻》里的合欢花，是老奶奶对英雄丈夫的坚守，更是"我"与社会的交集。只要有了信念，有了爱，无论怎样风狂雨骤，"她们仍然满满地簪在枝头，温温地对着世界笑。"当一切生命"外在纤弱寻常，内心必须强大得令人震撼"时，世界才会正常运转。

花间碎事里，如果说《槐花有声》写的是父亲，《守墙花开》写的是母亲，《簪花满髻》写的是"我"与社会人，那么《叶里花魂》便是写的整个花类，甚至是包括人类的整个世界。

世界无非就是父母、我、社会。但这里的父母、我、社会并不专指人类。世界的所有生命，只要遵循着各自的规律运行，就会永远下去。"如果人生真有意义与价值的话，其意义与价值就在于对人类发展的承上启下，承前启后的责任感。"读完宋灵慧散文，季羡林这句话就有些狭隘了。因为人的意义与价值在于让世界这个系统正常运行下去的责任感。

宋灵慧是在探讨和描述自己内心的情感、经验以及由此衍生的一个个行动。宋灵慧的花，不是塑料花，是充满活力的，是一部个人的自然史，从每个句子上都能看到思想的羽毛。

有人说，散文是精神和想象的乌托邦。宋灵慧散文把窗内与窗外写成一体，如果说窗内是灵魂，那么窗外就是肉体。"把目光从窗子放牧出去，我触摸到了一块玉积淀岁月的痕迹。玉绝不像钢铁，只用火炼，用水淬，她的透辉石化，清脆悦耳，是面对强大世界，自我的内心更强大的重组"（《窗外，合欢一片安静》）。

我又看到了"双河结构"，"两条河，一南一北，淙淙流过。远望，像一双长臂，把小村揽入怀中。""《诗经》和《左传》两条河，灌溉了华夏每一个文字，它们就是从这里流淌了开去。""的确，顺着河走进来，小屯一律善纳，哪怕你是一个打工者。从川贵到辽吉，人们成群结队地来到这里做工，小屯把他们全当兄弟——人家给咱村添了人气，添了力气。小屯人也顺着河走出去，走到全国各地。毫不夸大地说，中国的各大城市都有小屯人的足迹，生意做大了，凭的只是口耳相传的秘诀：温、良、俭、让。"（《小村诗韵》）。

地球上任何一个点都可以是中心，小屯村也不例外。但要注意的是，这里的"中心"不是一个词，而是一个词组，由"中"与"心"组成。

目 录

第一辑　木兰舟

倚窗　002

第101朵花开　006

守墙花开　011

老母亲的花花世界　014

老树写满密码　018

叶里花魂　022

簪花满髻　025

重逢已是奢华　028

一树桑葚醉高考　033

上树　036

脚步原来是花开　041

第二辑　火凤曲

有一天，让文字替我活着　046

把冬天关在屋外　049

窗外，合欢一片安静　053

沧海狮魂　056

就在今天，我想起了你　059

与我有关的母亲　063

种桥　067

小村诗韵　071

雾里三清山　074

小洲岛，我的兄弟　078

枸杞红了的时候，你没忘记过我　081

老师，老鸟，老农　086

第三辑　土附鱼

问草　090

吃草　094

仰望献王陵　098

青春毛公墓　101

行走善人桥　104

走进奉祀园　107

麻雀记忆与粮店　110

父亲养鸟用院子　115

玩泥　118

雪，不曾走失　123

槐落有声　126

第四辑　金盘露

微醉于一瀑暖阳　130

绚丽古桑林　134

用一生恋你　137
拐棍儿亲人——"点名啦"之一　140
彼此柔软着——"点名啦"之二　143
有你——"点名啦"之三　146
眼睛一直在笑——"点名啦"之四　149
跑到地球那边——"点名啦"之五　152
总是攥紧拳头——"点名啦"之六　154
心有应——"点名啦"之七　157
如果我是晋朝的酒　161
站在一粒米上回眸　164

第五辑　水镜心

沿着河流回到村庄　168
想井　172
运河波隐杏花船　176
绵绵秋雨里，自有单桥痴　179
站在平子读书台前　183
聆听水语　185
生命之约　188
秋雨中有槐花陨落　191
利奇马到来之前，蜗牛牵着汽车散步　194

03

第一辑　木兰舟

倚窗

这是一座普通小城的一个带状公园。护城小河窄长窄长的,带子一样飘去,公园就把自己抻得瘦长瘦长的,一路厮跟着。

小河里,正结着冰;公园里,土山跟土山上的树们,秃着头。小桥上跟小路上,三三两两胖胖瘦瘦的人在走。小河跟公园共同的远处近处,间或,被长长短短粗粗细细的汽车呼喊声扯一下,空气一阵阵地紧。

随着公园,楼房们也抻拉着自己,一口气下去,把腰身抻得矮长矮长,把窗们拉成了一只只眼。

如果把自己放进这楼房里,倚一扇窗,让窗给自己充当眼睛,一切会是怎样?

土褐色的树们,如静穆的兵俑,从眼底下排开去。闪眼白的冰河,硬生生地,一线喝住,恰若棋盘里的楚河汉界。树秃着的头顶上,偶尔有片苟存的叶,风过时似一枚蝶,静沐里如一颗痣。树下的草,秃眉光眼的,把自己铺成一张旧毯。低洼处,散散落落地,穴着一撮一撮的叶。叶们,不管大小,一律卷紧身,脆着阳光、空气还有风。

树上草间，总是有鸟飞过的。灰黑翅膀的，红白眼圈的，蓝绿腿脚的，长缨短喙的……如果，如果从鸟的眼睛里看，一切会是怎样？

火炬树的炬，红呢，绒绒的，厚呢，里头的籽呢，籽呢？悬铃子，真炫啊，只一点点风儿，它就晃荡个不停，夌着通身的毛刺，顶盔挂甲似的挑战。合欢的豆荚簇，有风跟风唱，没风自己哼，所幸时有裂开的嘴巴，蹦出闪着亮光的豆儿，滚落草里……坡后的老柳，第二个大树卡的皮裂了一块，裂缝处，壅着一堆屑子。坡底枣树的表情僵着，黑魆魆的枝丫上，白底儿黑条儿的八角虫斗儿，闪烁地潜着……树边，一溜儿高的电杆，架着横的电线。楼房拐角戳着巨人似的电讯塔。塔梁中间卧着几只巢，塔尖儿顶上，一架银亮亮的、跟自己身形绝拼的飞机，正拖着扫帚一样的尾巴走。河里的冰上，小孩子们呼扇着胳膊，滑着跑。

地皮上的草也有眼睛的，尤其是这冬天看上去荒得发凉的草。这些秃了眉的光眼，看世界反倒更透亮了。如果，如果，如果从草的眼睛里看，一切又会怎样？

树是草的天。一条被雨水冲出的槐树根，巨蟒一样碾压了一大队草后，又自顾自地扎进土里。法桐枣树们的皮，旧衣似的脱下来，在草却是倾下的一堵墙，塌了的半座山。仰头，桃杏杨柳皮的龟裂，是待浚的沟渠江河，上了弦的箭一样悬在头顶。半大构桃树面皮倒很刮净，平润温善得像石雕佛的面颊。最趣的是长凳边上那桑，两株，麻花一样纠缠得彼此入肉入骨。一群青年男女们走来，双手合十，深深鞠躬，然后把红丝带系上枝条。阳光穿透了丝带，红色耀晕了草的眼……至于大远大远的天，那是树的，似乎不属于草。

一扇窗，一双眼；一双眼，一扇窗。每扇窗里，都是独自的一片天。阳光平等地洒下，但每扇窗不一定捕获到相同的温度。风，步频均等地走过，可是，每双眼捡拾起的脚印，只与自己的心频相应。

倚窗，同样牵了春天的衣袂，却走成了木长草短。倚窗，同样面对雷雨的鞭笞，却飞出了雀低鹄高。

就是倚窗，这个跟呼吸、眨眼、抬手、落脚一样简易的事情，在去年这个时候，对于我来说，却可望难即。病痛把我囚在屋里，把我涣在床上。几十天里，我不想问候日来月去，忘记了屋子还有一扇窗。直到有一天，一道光刺一样切切实实地，扎穿了我土墙皮一样厚的眼睑。把眼睛放出去，对面的墙上，我没有看到欧·亨利那片最后凋落的叶。

几乎高到半天空的楼檐子，是一格一格的水泥架。一格，两格，三格……七格一组，没等到数清一共有多少组，我就牵回了我的眼。它们分明地，把我窗外这片天切割成了混沌的碎片。有鹊一样的东西在上面起落，它们又在我脑子里，影出了《药》里夏家坟上的那只鸦。

终于倚窗了。心志较短了病痛，较长了腿脚。第一眼我发现，我站的十八楼高的窗下，泊着的一排汽车，黑白相间，特像一架钢琴。侧耳，似乎我听到了自己在弹奏，最简单的和弦伴奏：哆索米索，来拉发拉……抬头，顿悟，这乐曲竟然来自对面水泥的楼檐，1，2，3，4，5，6，7，哆来米发索拉西——原来我脚下是琴，头顶也是琴，而且都硕大无朋。医院广场上，三面旗子在帅帅地飘：红的国旗，白的校旗，蓝的院旗。

还有比倚窗更能让人心魂澄澈的么？

瓦尔登湖面上，梭罗一铲一铲清除了以尺计算的冰雪，开启了一扇妙绝的窗。那不是湖里，而是窗外。倚窗，他的眼里，湖底变成了宁静的客厅，柔和的光沐下去，满是游鱼。游鱼们的鳞，一定片片都闪着金银一样的光。斑斓的光海里，恐怕梭罗自己也变成一条鱼了吧？在大自然的客厅里，他从来不是客人。

浣花溪草堂里，杜甫倚着窗，听黄鹂鸣翠，目光与神思，获了神力一样洞穿，生了羽翼一样飞越。西岭已不再是西岭，雪已不再是雪。"千秋"，宏阔至天地难书，竟于一小窗含纳。含纳千秋，含纳山岭，含纳雪的是窗，是眼，是临窗而倚的心魂。那一刻，杜甫的手里若是执杯，杯中一定不是茶，是酒；并且酒一定清冽不浊。

还是记着时时给自己开一扇窗吧，那样的话，这个世界就遍地窗口了。

如果还回归那座普通小城那个带状公园，如果让你变成那条小小的护城河里一条小小的鱼儿，如果，如果，如果，如果让你从鱼儿的眼里看，一切将会怎样？

河冰还是冰么？岸柳、桥影，摇着的黄苇呢？飞跑的孩子们大张着的手臂，是否在你这里变成了滑翔的翅膀？移步换景，碧空会是飞上天的河么？白云是结在天上的冰么？还有，还有，那天跟河之间的飞鸟，阳光透视了它们，翎羽七彩，眼神慧澈，你能给它一个对视么，煦暖煦暖的那种？

如果你凭心而倚，世界真的就会遍地是窗。

第 101 朵花开

见到这朵花的时候，我就琢磨它的花语。

我笃定，"花语"都是矫情的人臆想出来的。本来么，不仅水泥砖厚的四册套《辞源》里没这个词，最新的《现代汉语词典》里也没有。花语的内涵，除了色啊香啊的，一定跟花开的时令地点名字有关。比如，高山雪莲肯定不同于洛阳牡丹，一现的昙花肯定不同于常开的月季。

这朵花它开在一个小城的带状公园的草坪上。若从卫星云图上看，其实这座小城就是一条细长的带子。

草坪的草很杂，不妨分为"客草"跟"本草"两大族。"客草"是跟大城市引进人才一样，花大价钱聘来的。公园始建时，它们被卷成毯子坐着大卡车来的。一张张展开铺上，喷淋龙头给沐浴一番，它们就在这里定居了。"本草"没有那么雅气，跟不讲礼节的乡亲似的，把这公园当自己的村子乱窜。茅草芦草蔓草节节草，苦菜荠菜青青菜荷包菜，赖皮似的被从客草领地里一茬茬拔出，一眨眼就又一层层钻出来。经历了十几年拉锯，草坪成了如今的北京胡同：进进出出的人们，远远瞅上去，你分不出哪是当年皇城子弟，只在他们开口说话时，你才感觉到甩腔儿的京味儿不同于大众版的普通话。

草坪刚修剪过不几天，茬子一律硬着。我想，这有着侵古道翠荒城本领的草们，根一定在地下纠缠翻卷着奔涌成了暗流的河。这花是攀着草根，冒出来似的开的，一簇簇，挤着开。它究竟是带了哪个草族的基因呢？

这朵花开是在一场雨后的。两天前，空气里就水兴兴地酿着。到了夜里，闪，电着雷；雷，震着雨，就这么来了。然后，天连着地，日连着夜，雨下得入情入境，撩惹得护城河里的蛙们长声短声地和着。雨脚短了、蛙声稀了的时候，这花被气吹着线牵着一样，开了。

这雨是下在一个很巧的节点上，它就不再是一场素常的雨了。雨，以一个长跑运动员的节奏，或疾或徐地下得乏了就停下了。田野里，绿的草木们油酥酥地亮，黄的麦田们恹恹地懒。第二天早上起来，天晴得透，空气爽得透，阳光明而不晃眼，风儿温而不燎燥。针对这场雨，人们热赞了起来，不是因为雨，是因为这天是高考的日子，六月七号。龙行雨，虎行风，高考举子里必有贵人，吉人天有相……这场雨成了一页天喻人的无字书。

恢复高考四十一年了，从当初七月七、八日，到后来六月七、八日，或大或小几乎年年有雨。去年高考四十年征文遍地开花，我参加了四川的一个比赛，雨就是我书写高考的背景音。仔细想一想，不只高考，大凡节日活动，天往往落雨，大到七夕鹊桥会、母亲节，小到学校运动会。难道，上天是以这种独有方式助个兴，签个到，表达一个祝福，刷一下存在感么？

除了高考和雨，这朵花开还生生撞上了端午。自媒体兴盛以来，中国的节日忽然花样隆重起来。每逢大小节日，热点文章各式庆祝扑屏满眼，唯有端午，稍稍有讲究的人不去祝愿亲朋"节日快乐"，而是"端午安康"。众多节日中，端午是最立体的那个。纪念爱国屈原伍子胥，孝女曹娥，源头应该是祭祀，龙的传人祭祀龙图腾。据说，龙春季在东方抬头，夏季在南方腾升，秋季在西方退落，冬季在北方隐没，而端午节恰好是龙腾之日。

除了我，应该没有人在意这朵花开，人们看到的是高考撞了端午，而不是花开。手机屏里花花绿绿的图片层层叠叠，"鲤跃龙门""高考得粽"，龙和粽子成就了今年鲜活又吉祥的"考语"。

可的的确确这朵花就开着哦，而且它几乎就在一夜之间完成了生根、发芽、长大、开花。因为是攀着草根生发的，注定它的足力不会莽撞，腿脚不会健硕。寸许高，线香一样细，朵儿指甲大，小伞一样。它没有花瓣花蕊，土一样的黄色，没有蜂蝶光顾。但我宁愿把它说成花儿，因为它开着，而且是遍地。

几个遛完早儿的阿姨走来了，一手拎塑料袋，一手摘这满地的花。阳光拉扯着她们的影子，在草坪上晃。她们说，每年这个时候这个地方就会长这小蘑菇，摘回家，洗净清蒸，可香了。

原来阿姨们才是这公园的土著，我不是，尽管我跟这里仅一墙之隔。每年这个时候，我是要在墙里面监高考的，给我的学生们，今年是我得闲的第一年。其实，我跟阿姨们一样，知道这花是蘑菇的，它跟我小时候苇塘里的毛毛儿一样。我还清楚，这毛毛儿必须是连阴的雨后，可又并非每个连阴的雨后都有。曾经我很怀念毛毛儿的香味，反复给大洼湿地的朋友打电话打听，也曾经相约某个日子一起摘毛毛儿。但我们也都明白，毛毛儿太娇气的，连阴天里一天就开了，可太阳出来一镶就化了。

面前毛毛儿就在，可我只坐在长凳上想和看。

跟公园比邻十几年了，只有今年身体原因不再于墙内冲杀了，公园也才不再只是一个概念或坐标。不是矫情，鲁迅童年有百草园为幸，发鬓渐苍时我发现了身边这座百花园。

护城河离人烟最近，冰融得最早。去年入冬水太旺，漾出岸，从栏杆底下钻出来，蹿上了通往公园的台阶，一个，两个，三个。冰结满膨胀时，几乎够得着迎春花跟垂柳的梢。在冰融退时，迎春花和柳枝就醒了。逐着水退的脚步，柳和迎春就开了，跟它俩几乎同步的还有草坪上的苦菜。若按时令排序，它们应该是我这百花园状元、榜眼、探花吧。

跟苦菜花脚跟脚开的是二月兰。二月兰是我给起的名字，跟苦菜差不多高，同样野生的，形色识花里我查过，名字跩，不好记。风仍然料峭的天气里，草坪的绿色遥有近无时，苦菜的灿黄跟二月兰的紫色星星点点地撒着，给冷了一冬的眼睛一份暖意。

接下来是杏花、桃花、海棠、梨花、苹果、榆叶梅、蔷薇、月季……粉墨登场。从家族大类看，是几个名号，如果细数的话，种类远非如此。杏有小满杏、胭脂红、香白杏、小黄杏、大黄杏……桃有山野毛桃、红叶碧桃、绿叶碧桃、菊桃……海棠有白海棠、红海棠、紫海棠等等等等。品种不同，颜色有异，花期有别。所以，桃杏们开的时候，人们的眼睛是忙乱的，一直忙乱到跟蜜蜂飞舞的脚步似的。

几阵暖风，一场春雨走过，桃杏们渐次谢幕，红艳的花瓣先是零落，后是淹没在草坪绿色里。此时，茅花秀了。茅草是草，花不惹眼，泛点儿紫头儿的穗子，可我固执地偏爱着它。《诗经》里美丽的女子，手里捧着的不是玫瑰，是茅。"自牧归荑，洵美且异"，"荑"者，茅之初生也。我不知道，静女手里捧着初生的茅，是否在静待着它花开。

茅花不落，紫紫红红的桑葚甜了，杏桃们香了，迟钝于青春的合欢花枣花，实实着着踏进了夏的门内，才放开手脚开了。马缨子红的合欢，如簪花满髻的少妇，深情款款地从古诗词里走来。青衿一袭的枣花，落座虬枝叶间，如一位讷语的哲人。

……   ……

掐着手指细细数过，我的毛毛儿，你是这百花园里的第 101 朵。

蹲下身子，打开手机，给毛毛儿拍个照，发给识花君，我很想知道它的雅号通称。然而，一次，两次，三次，识花君告诉我的一直都是草们的名字。竟然，识花君辨认拦腰割断的草也比辨认盛开的毛毛儿要敏感。

也罢，暂且借个大名号给毛毛儿吧。我确信，毛毛儿个头小，但年岁不小，识花君不熟悉，庄子懂它。《逍遥游》里庄子有言"朝菌不知晦朔，蟪蛄不知春秋"，庄子跟它们家族叫"菌"。不知晦朔甚至朝生夕灭的菌，与百千岁的大椿彭祖比，是微渺的，如一粒尘，但它们是同样的生命。或者说，若哪天有哪位大才，跟《清明上河图》的主人一样，忽然有兴想绘制岁月的长河图的话，这"百千"与"朝夕"，难道不是同样按比例被缩成一个点么？

带状县城的带状公园的草坪上，第101朵花开的时候，公园一旁的一座学校内，几千学子在高考，另一旁的护城小河的水，漾漾地流。

长凳上的我，面前是一片绿毯一样的草坪上，灿金的苦菜花下，毛毛儿花盛开；耳朵里是高考考场上"无哗战士衔枚勇，下笔春蚕食叶声"；眼睛里是小河边"轻舟八尺，低篷三扇"的渔父。渔父的身后，蜀葵开成一道花墙，更远处一座蓝墙红顶房子露出一角。

既然如此，我这第101朵花开，无语也罢。

守墙花开

田里的麦子热气腾腾地黄了，沟边、地头、墙角，处处可见的一种花，感应一般也热气腾腾地开了。翠叶、红花，加之高过人头，在金色的麦季，十分惹眼。花朵茶碗大小，花瓣或疏或密。单瓣的，爽净，如一只空碗，花心如一柱灿金的舌头。重瓣的，繁富，是一只满碗，挤挤稠稠的花瓣淹没了花心。花色是深浅的粉，淡的温婉如霞，浓的深沉如熟酿的葡萄酒。花味儿甜中带香，甜浓香淡。大小的蝴蝶、嘤嘤的蜜蜂，绕飞，起落，不紧不慢地，像在自家门口溜达。

这种花学名蜀葵，母亲固执地叫它守墙花。

四十多年前，母亲在祖母声声的抱怨中，在墙根下，种上了这花。蒲团大一片土，小铲子松过，洇透，一把黑白相间的圆片花籽，撒下去，盖一层土，最后用一个脱了底儿的破筐扣住。家里孩子多，吃饭都是事儿，还有闲心种花儿？哪如种棵丝瓜啊扁豆的！祖母如是地抱怨。又是鸡，又是猪的，看哪天给你啐了，拱了，祖母还在叨唠。母亲悄悄地在两边钉了橛子，用细绳子把破筐栓牢。花出土了。小苗儿举着一对圆圆

011

的叶子，像两只小手掌。小苗儿长成大棵子了。大棵子长成大墩子了。

　　第二年，立春没多久，花就发芽了。凉的阳光和冷的风，到了墙根处就都没了脾气，收敛得软软的。先是一棵，再是一簇的绿，母亲说那花像调皮的小孩子，探着头儿。母亲很会换算，在她眼里，守墙花跟我们就存在一个等式。我们穿着厚衣服，花开始发芽。衣服越脱越薄，花就越长越高，等我们单衣短裤了，花就开了。守在墙边，花开得很热闹，母亲将它叫守墙花！巴掌大的叶子层层叠叠的，像垒起的台子。母亲就说，那像我们姐弟高高低低的个儿；花肉嘟嘟的，像我们的脸儿。

　　其实，花开得最盛的时候，母亲是没有精力欣赏的，因为麦子熟了。天还不亮，父母就趁着凉快下地了，带上头天晚上磨得锃亮的镰刀。等我们一觉醒来，祖母已经把饭做熟，招呼我给父母送去。狼吞虎咽地吃几口，父母又继续割麦。母亲说，紧麦慢秋，麦收就是从老天爷手里夺粮，一旦雨来了，一季的收成就没了。太阳高了，父母把割下的麦运到场里，铡掉麦根，摊开来晒。中午太阳正爆，父母要抓紧翻晒。麦子能松散地搭起窝棚时，就晒好了，该套上碌碡打场了。打场，翻场，起场，人手越多越好。不下地的小脚祖母还有我们，临时再叫上邻居，一起动手。麦子打完，扬净，装到家里，鸡猪都上窝了，花，一团黑影一样守在墙根晃。

　　母亲放下家什，抱柴，生火，做饭。打发大人孩子吃了，把刷锅的泔水澄一澄，稠的倒给鸡猪，稀的泼给花喝。

　　院子里种一墩花，身边养一群孩子，母亲很满足。守墙花很好养活，不用费多少心思，就像我们姐弟。母亲说，她很有福气，孩子们都让她省心，要不男人常年不在家，一个人支撑着家，多作难。孩子大一个送到学校，大一个送到学校。大的、小的都长脸，过年的时候，都拿奖状回来。

　　只是祖母对花仍然心存芥蒂，就连母亲泼洒的一点稀泔水，祖母都觉得可惜了。一天晚饭，一碗热汤洒在祖母手上，疼得她直抖。母亲拔起一棵花，连棵带根，三折两剁放到一个瓦盆里，用石头砸烂，敷在祖母手上。居然烫伤没有红肿，不再疼痛。第二天，母亲下地了，祖母为了哄我喂鸡猪，把我打扮成电影里的花仙子。掐几朵花，摘下花瓣，从花瓣底部揭开，粘在我耳垂、额头、眼睛、鼻子、脸蛋、胳膊、腿上。祖母说，花好看，我跟花一样好看。

收完麦，父亲就匆匆地走了，要到过年才能回来。父亲工作的地方，对于我们是神秘的，加之每月父亲几十块钱的汇款单，那远方就成了我在同伴面前炫耀的资本。母亲也是，没有父亲挣工资，这一家老小，哪会吃穿不愁呢？

人前，母亲总这样说。可是在灯下，作为长女，我多次见母亲神色黯然。早春的夜晚，悠闲而悠长。母亲纳鞋底，一坐就是半夜。几次醒来，我见母亲发愣。母亲说，东面的墙头裂了，北墙电线也该换了，谁知道能顶到你爸爸回来不？盼着吧，等守墙花开了，你爸爸就回来了——地里的麦子浇返青水，花蒲团大；立夏麦呲牙呢，花半人高；等麦子扬了花儿，花就打骨朵了；麦子熟了，花就开了。

如今，父亲老了，不外出了。祖母走了，老宅也翻盖了，但母亲的守墙花一直都在。每年麦子熟了，守墙花都努着劲地开，浅粉的，深紫的，单瓣的，重瓣的……

近几年，我们村作为全国文明村，打造了3A级万亩竹海游览园。进村的道旁，种了几公里长的守墙花。麦熟季节，花开成了两道墙。驱车进村，花墙仿佛伸出的双臂，朴素又热情地，远远地迎着你。每到这时，母亲就反复打电话，带你的朋友们来村吧，咱有竹柳，有守墙花。

如果每个女人都是一种花，母亲就是守墙花吧。

老母亲的花花世界

在老家的屋后，黏糊得近似耍赖的暑气，是被一声声的号角吹走的。

牵牛花，拿出攒了一春半夏的力气，攀着对掐粗的槐树上去，把来不及收的油葵棵子缠起来，沿着北瓜蔓子匍匐开去，把一枚枚蓝紫、粉红、白中透绿的小喇叭架起来，太阳一睁眼就吹啊吹。暑气不得不煞了脾气，退下。何况，土台子边上，夜来香也凑热闹，举着迷你喇叭，到月亮睡了都不肯停下。

母亲把牵牛花叫牵客郎，把夜来香叫紫丁香。她说，牵客郎花脖子细，喇叭大，声音也是柔的；紫丁香簇着，底气足，喇叭小，声音也是壮的。

花，是母亲种的，关于她的花，母亲说什么我都信。花们像她的兵。或站立，或游走，头发花白的母亲，在这姹紫嫣红中间，像一位气定神闲的帅。

指着台下一大片西洋姜跟菊花，母亲不无自豪地说，天再凉些，它们就开了。我知道，那金灿灿，比太阳还亮的西洋姜花，要一直开到霜降；白的、黄的、深红、浅紫的菊，霜降以后，就跟着母亲进到屋子里去开。

待到来春，菊花移出来，悄无声响地扎根时，满台子坡的二月兰，泼洒着开了。远远地看，房子像穿了紫色的裙，暖暖的。母亲说，是她的二月兰撵走了冬天。跟油菜是亲戚的二月兰，结了荚子，白了棵子，麦子就熟了。此时，蜀葵热气腾腾地开了，秫秸一样高，一串串儿地，红红紫紫，半截墙一样。母亲固执地把蜀葵叫作守墙花，还固执地认为，夏天瓢泼的雨，还有塘里的蛙声，都是守墙花招引来的。

老母亲的世界里，分不清是春秋给了她花开，还是花开串联了她的春秋。

从春到秋，种了这么多花的母亲，戒掉了烟，不再守着烟簸箩。餐前饭后，除了戴上花镜读点儿书，就在屋后转悠，院里忙活。

房子是四大间，宅基是村里规划的，十六米见方。晾台下面两个花坛，一边是月季，一边是芍药牡丹。牡丹芍药是城里的花市上买来种的，村里不常见。花开的时候，母亲炫耀地邀左邻右舍来看。母亲捧出糖果招待人们，笑脸比枝上的花朵，还饱满肥硕。月季是邻家剪来扦插的，不名贵，但常年开，甚至雪后，花朵还托着结成冰的雪，硬硬地红。

院子的地面，母亲执意红砖铺砌，砖缝里都是她的文章呢。菜扫帚、盐蓬花，开春逢点雨，洒点水，就钻出头儿了，嫩绿嫩绿的。母亲的脚步在院子里随意地走，它们在砖缝里随意地长。似乎突然有一天，菜扫帚长成球球了，大的，搂不下；小的，跟狮子滚的绣球似的。盐蓬们，丛丛的，片片的，红白黄粉紫，深深浅浅，对着太阳开。

院子里是花，院子外是花。花，占领了母亲的空间；母亲，被包围在了花里。

其实，年逾古稀的母亲，眼睛怕光，须常年戴茶色镜。花的颜色，她未必看得清。耳朵背了，院子里满是蜜蜂吵吵嚷嚷，她也未必听得明。

但花的魔力，是根一样地扎在她心里的。

　　四十年前，父亲经常不在家，母亲带着一群孩子和双方老人过日子。她日头里下地，油灯下做针线，忙活一家吃穿。她说，每每路过公社大院，看到花开得热闹就眼馋。偶然一次进到院里，跟人家说了好话，捋了一小把守墙花籽，回来兴奋地种上。那件事情，你奶奶叨唠了好长时间：念过几年书，就这么洋气？老的少的都伺候不清，还有闲心伺候花？哪如多种棵扁豆丝瓜啊！尽管篱笆里种满了菜，但奶奶觉得能吃到肚子里的东西才实在。

　　母亲种菜不占用整时间，下地回来，掌灯之前，撒种锄草，挑水施肥。水，要翻过一个大坡去家后的坑里挑。母亲身板单薄，但肩头还算力道。手在扁担上一搭，脚步扎实轻盈。那时，长女的我，还不足以替母亲挑起担子，只在菜畦边浇水。接水桶时，我触碰过那双手，粗粝，指掌多处刀砍绳磨的疤。在她实在累了时，我见她用这粗粝、带着长疤的手指，夹了喇叭状的旱烟，吧嗒吧嗒地抽。

　　就是这双手，在浇完了菜之后，在把老人孩子打发得饭饱之后，把鸡猪鹅鸭关进圈之后，用澄下的泔水，浇她窗下的守墙花。撒籽当年，守墙花不开，还怕鸡刨猪拱。母亲找个破筐扣住，周边钉几个橛子，用绳子把筐栓牢。奶奶很鄙夷地挤兑母亲，伺候不止渴不止饿的玩意儿，咋跟伺候孩子似的！背地里，母亲跟我说，守墙花真的跟我们姐弟很像。来春天暖了，守墙花越蹿越高，我们就衣服越脱越薄，我们穿短衣裤了，花就开了。看着花开，母亲高兴，就在我的鞋上绣了粉色的守墙花。

　　后来，母亲顶着奶奶的声声抱怨，从供销社大院剪来一枝绣球，插在破洗脸盆里；从粮站、医院大院要了仙人掌、仙人球、玉树……大小不一的破盆子，摆放在土窗台上，不甚雅观，花们倒也水灵。

　　那时候，母亲望着她的花，经常憧憬，咱家有机关大院那么多花多好，三天不吃饭也值！说这话，母亲眼睛是亮亮的，但声音是轻轻的，她万万不敢让奶奶听到。不然，奶奶一定撇着嘴说，你心这么高，可惜了，小姐身子丫鬟命，下辈子再托生吧！

四十年，母亲当了奶奶，祖奶奶，一如既往地喜欢侍弄花。那双手苍老，暴筋，但不再粗粝。跟着花开的脚步，母亲欢娱着；跟着花落的脚步，母亲摘种子，包起来，送人。

这些年，我们姐弟都在城里安了家，多次想接母亲来住。可母亲被她的花牵住了，坚持留在老家。她说，有花陪着就跟我们在一样，更何况，前院是族侄，左手是族兄。茶余饭后，族侄们过来抽根烟。族兄的姑爷是村医，头疼脑热的，隔墙招呼就行。

每到过年，我们都回去。客厅里，马蹄莲开着，如玉雕的掌；花架子上金边吊兰披散着，如油润的发；窗台上的金钱荷，红红火火地，映透了整个窗子，屋子。

老树写满密码

　　在惯性思维里，老树应该生在老林、深谷、河岸、村口甚至可以是茅屋前、公园里。这棵老树长在了著名的国家级大医院里，它让我沉思了。它不仅长在迎门的位置，还长在一个精心修建的巨大坛里。显然，老树是这座医院的地标。

　　季节尚是早春，远远望去，辨不清它是槐树还是榆树，只是一律的灰黑，苍干，虬枝。

　　我知道，我又要写老树了。那年，我去西双版纳原始森林，就邂逅过一棵老树，它给我的余震，一直没有停息过。那是一棵有半堵墙那么大的树，一半活着一半死去。活着的一半匍匐到了对面的山上，蒸腾着绿意，像一条苍龙；死了的一半静默在山谷，如一座沉寂的古城。已经过去好几年了，闲暇的时候，它总会从脑海的某个角落冒出来，诱我解读它的密码。眼前这棵老树，要告诉我们什么呢？如果我是一个画家，我是应该用写意还是工笔，油画还是版画来展现它的灵魂呢？

　　现在，我又遇到了一棵老树，不是在我旅游的景点，是在我看病的医院里。我试图走近它，看清它的容颜，甚至触摸它的纹理。可是那坛太高，太大，我只能远远地仰望。

给我看病的是一位五十多岁的女教授，圆脸，戴眼镜，总对我笑，这让我多日来焦躁的心平复了些许。然而，大医院自有它的特点，检查很烦琐。我偶然在五楼找到一个可以近观老树的位置，于是，我只要等待，就站在那个窗口看树——我实在不想看人，那些人都是和我一样来求医的病人，脸上都写着迷茫或者焦虑。

我很想伸出手，摸到哪怕一个小的枝丫，距离太远，我只有打量的缘分了。它的干应该有几个壮汉合抱那么粗，约略与我视线等高的位置，陡然裂开了一道巨大的口子，像长城垛口那么宽。枝丫们也就随着裂口的方向，各自指向了天空。离我最近的那个小枝，正对着我，时而随着风摇摇晃晃。我仔细端详，即使这最小的枝，皮都龟裂的，还没有一丝泛青。它究竟什么时候长出叶子，是早于小树，还是晚于小树呢？无聊的时候，我就想这个没有意义的问题。

隔了几天，让教授看完一项检查结果后，我斗胆问了关于老树的疑惑。教授很高兴地说，那是他们的镇院之宝。还告诉我，京城有很多老树，在等待下一项检查结果的间隙，可以走走看看。医院旁边就有一个曾经的皇家园子，古树成林。

第二天，我荡着明媚的阳光，在那个布满老树的大院子里穿行了整整一天。我想，如果把这个大园子比喻成天空的话，我就是一只时飞时翔的鸟，尽享着遨游的自如。当然，像我这样的"鸟"很多，旅行团队就摩肩接踵。导游们必讲的是一棵叫"九龙柏"的老树，导游们说这棵树有七百多年了，树干是九条蜿蜒向上的龙，树名是乾隆爷御封的。

在那七百多岁的老者旁边，我停留了足有一个时辰。七百多年，中国经历了几个朝代？每个朝代多少皇帝？每次政权更迭要经历多少政治风雨？哦！树是不理会政治的。那么，七百多年，这老者头上这块天空会有多少风云变幻？暴风、骤雨、冰雹甚至雷电？星斗会转了几轮，换了几多？他脚下这块土地，会有多少地震？扎根的无限深处岩层几变温冷？……消亡的，走过的，一切都变了，他还活着。树干，并没有很粗，数条绺裂盘结着向上；树身，没有很高，也许是身处高林而不凸显吧。何以乾隆爷如此恭敬这棵树？并且以"九龙"御封呢？莫非多思的皇上也想到了，在他之前树便在，他走之后树仍存，只有九龙附体方有此寿？我无论如何没有读出树干的"九龙"，我只看到了裂隙，一绺一绺地盘结在一起，壮观，震撼。

除了九龙柏，我还钟情了一棵老柏树，并且很恭敬地跟它合了影。那棵树，我合抱不拢，树干没有绺裂，反而光滑，一人多高的地方有一个大瘤子，比篮球要大得多。导游说，这个树瘤形同老寿星的头颅，摸了消灾祛病，长命百岁。人们纷纷地伸出了虔诚的手，我没有。一个须髯银白老者告诉了我这个树瘤里面装了什么。他说，如果这棵树是一个人的话，可以说他是在经历了身体的重创和巨大的心灵挑战之后，才有了这份光滑。这棵树，曾经了刀伤，或者斧斫，一定伤到快被拦腰斩断了；也或者是遭遇了风卷，或者雷击，一定是要奄奄一息了。他没有倒下，倾平生的气力积聚，弥合了伤口，一天天，一年年——原来，他今天站在阳光里接受着膜拜，是因为在刀枪剑戟的沧桑里，共振了自然的脉搏。

临出园子回望的一刹那，我只觉得一棵老树就是一部无字之书，这座园子就是一座历史留给我们的巨大的图书宝库。

往回走的路上，莫名地想到我们村口的老槐，她是村子里祖祖辈辈很多人的"干娘"。为了消灾和祈求长命的人们，都去那树下，供上一碗饺子，磕上三个头，认干娘。小时候，我们村很多男孩子都做过一个梦：像电影《天仙配》里的老槐一样，"干娘"也给自己说一个仙女一样的俊媳妇。

又一次来到医院这棵老树下,那苍干虬枝还有那个巨大的裂口,无不沉静着。仰望着,仰望着,我明白教授说的镇院之宝了。很想感谢教授和老树,我想,下一次我来复查的时候,老树一定长出了叶子。它每一片叶子都应该是写给世人的信笺,其中一定有一封是老树专门写给我的吧。

我知道,这一生我会不断地铭记各种老树了,他们写满了关于人类生命的密码。

叶里花魂

枣花是最不像花的花。自古入得诗文、上得书画的花，无非几点资本必具其一：姹紫嫣红之色，婀娜妩媚之姿，凌霜傲寒之骨。拥姿色者惹人怜爱，拥气质者令人敬仰，枣花都不是。

春风拂面，百花竞妍时，枣树还是一副黑黢黢昏沉沉的样子，芽眼们还都紧紧闭着，没有醒来的意思。待到桃飞李谢了，待到桑落杏熟了，枣花才悄然地开了。起初，小米粒般的包包，静静地簇在叶底。渐膨渐胀，忽然在你不在意的时候就打开了。扁圆的，像一枚枚钵；托着五个小小的角，似一颗颗星。它们色绿如叶，又混在叶间。如果你是远方来客，不熟悉枣树，即使在盛开的季节，也不容易找到枣花。一簇簇地，它们聚在叶里，悄悄地做着自己为花的事情。

但有一个来自千里之外的群体，无需借助任何导引，哪怕是在夜晚，他们都能准确地找到枣花，这就是放蜂人。一辆卡车，停在路边；一顶帐篷，支在堤口；一列蜂箱，一字排开。不远处，肯定是一大片一大片葱绿的枣林。成群结队的蜜蜂飞来飞去，嘤嘤嗡嗡地唱奏着枣花的甜蜜。

放蜂人说，枣花是不需要用眼睛来辨识的，它的味道独一无二。香淡，甜浓，不是丝丝缕缕地浮在空气里，而是稠稠的，糯糯的，像浆一样，粘住了你的脚步。举头望着枣林，蜂农的脸上漾着一波波的笑。

老人们拎着刷得锃亮的瓶子来了，他们要备足一年吃的蜜。只有在这地头上，亲眼看着蜂农把蜜打进瓶子里，使劲嗅一嗅，满是枣花的香气，他们才放心。春天秋后的，家里大人孩子上火咳嗽了，老人就用擦拭得干干净净的勺子，舀一勺来冲水。蜜丝粘稠得一圈一圈，一缕一缕，好久才化开，屋子里弥漫了枣花的香气。

孩子们也活跃了起来，在枣林里打闹追逐，摘花嘬蜜。枣树的杈是散开来的，很低，无须攀爬，很小的孩子，都能随意拽过一枝。小手捏住小星星，轻轻掐起，把花底放到舌头上，舔食，吸吮。一股清甜，先是沁了口舌，之后是笑靥。偶尔，不慎与蜂争花，难免被蜇。小手、小脸肿了，哇哇大哭一阵，爬起来继续枣林寻趣……

蜂蝶逐香自至，为花不弄腰身。愿堪其小、甘居叶里的枣花，不拼颜值，只求内在，应该最具花的神韵吧。

枣花开时正值芒种。几通干热风过后，华北平原漫野的麦子就被刮黄了，"两头尖尖肚里裂，从小出去八个月"的粮中将军小麦，经冬历春的小麦，再也受不住热浪的冲击，甘拜下风了。枣花却把自己的青春与这个季节绑定。阳光两分温情八分辣意地泼洒着，麦田里是镰刀，是收割机。听闻着空气中的节奏，枣花稳稳端端地播散着美丽。

老农来了，背着荆条筐子，筐里装着刀。捋下一撮枣花，在手心里碾碎，掂量掂量花开的火候，他要赶在枣花最繁盛时，用刀记录她生命的足迹。一把阔大的刀，粗粗地剥去树干龟裂苍黑的皮，现出一圈平滑粉色的肤。抽一支旱烟，他再换一把小刀。小刀带钩，刀钩玉米粒宽，锋利无比。粗短的手指，在刀刃上刮一刮，试试刃。暴着青筋的手，握住小刀，环着树，一钩，一划，一钩，一划。嫩绿的肉露出来了，微微地，渗着通明的汁液。

花开逢刀事，这是枣花独有的砥砺吧。天气正热，花气正盛。老农说，这热腾腾的天儿跟热腾腾的花儿撞在一块儿，如果没有刀，枣花就谎开一季，结不成果子，不能成为果的花，就不是真正的花。为了花的使命，枣花把青春盛开在了刀刃上。美丽的脚步壮烈地走过，如同经历了一次自我的分娩。形如米之纤小，却具这般骨力；色同叶之凡常，却有这般魂魄，枣花才是花中之最。

枣花的刀事叫开甲，割过的刀口叫甲口。一个月后，曾经渗汁流液的绿肉，长出了粉色的肤，鼓满了甲沟。一年之后，甲沟处不再是沟，突溢出来的，没有嫩肉，只有老皮，开裂如干涸的河流。风沙吹过，雨水冲过，薄薄厚厚、灰灰绿绿的苔，涂抹了枣花的记忆。如果你记不清枣花几开几落，那么就静静地坐下来，点数甲口吧，一、二、三……一道甲口，几番利刃，那是枣花又一次投胎的胎记，是她生命中最美的舞步！

荒岭草坡，苍干虬枝，枣花青衿一袭，落座叶间。从来没渴望谁来关注和点赞，只在八月，凭盈枝的硕果，飘香百年，千年。

枣花呵，应该是为花者的魂。

簪花满髻

夏夜，风狂雨骤。我扯开窗帘，很不安地往外望。一团漆黑，什么都看不见。一道闪电，闪亮了我要望的合欢树，她们东倒西歪了啊，她们披头散发了啊……闪电过去，仿佛一道闸门关闭，硬生生地把我的合欢隔在了另一个世界里。雷声如炮，风声似鞭，炮炮炸在我身上，鞭鞭抽在我心里。我的合欢花啊，团团朵朵，那么纤细丝柔。与你对视，总感觉你是来自古诗词的袅袅娜娜的温婉女子。如此的暴虐，不是天要亡你吧？

第二天，我发现，我杞人忧天了。晴空一碧如洗，合欢花容犹灿。她们仍然满满地簪在树头，温温地对着世界笑。

其实，我对这位旧相识，不应该没有信心的。四十年前，我邻家门前就有一棵合欢树。树是邻居老奶奶家的，奶奶跟它叫马缨子树。每年知了声稠了，花就开了。我眼巴巴看着高高的树，红红粉粉的花，颜色比我过年时候扎的蝴蝶结都鲜亮呢！树下，邻家老奶奶每天过午都铺一个草苫子，有时做点针线，有时枕着一个瓷猫枕头睡觉。我时常乖巧地凑过去,给老奶奶纫纫针,或躺在草苫子另一头看树上的花。花落下来,我就捡了用鬈针卡在头上。老奶奶见了,颤巍巍站起来,用拐棍钩住一杈,让我摘一大把花,给我插得满头都是。

据说,老奶奶的丈夫是一位将军,骑着大红马去打仗了,再也没有回来。她和过继的儿子守在老宅子里等。老奶奶说,这树上的花啊,就跟她丈夫战马头上的缨子一样鲜活,她稀罕。把我满脑袋插满了花,老奶奶就笑,说我变成了一棵小马缨子树。

老奶奶老了,我这棵小马缨子树长大了,走出了小村子。四十多年来,合欢花始终行走在我的生活里,一如我的影子。

曾经我上班很远,十几年风雨,都有她相伴。我工作的小城不大,但从单位到家要穿城而过。所幸的是,我必经之路两旁遍植合欢。春天,别的树陆续发芽了,我不着急,别的花次第开放了,我还不急。合欢是发芽最晚,开花最漂亮的那一个,就像一部好书,何苦拿到手就急忙匆匆地翻页呢。夏天,太阳要晒得厉害了,路两旁的合欢树就在空中牵手,搭起一条遮阳隧道。开始骑着单车,后来换成摩托,晨钟暮鼓中,我一路走过。仰头,一柄柄叶,像一片片翠鸟的羽。侧耳,叶间鸟鸣,婉转的节奏里满是合欢花的仙姿梦影。秋天,花不在了,叶子都落了,无妨,合欢花早已把自己储蓄成了枝头一簇簇的荚。风刮过,荚们演奏起巨大的摇铃组曲,为明年的花开蓄势。

如今我居住的小区不大,合欢树却很多,甬路上、楼之间满是。我住三楼,合欢的树顶恰在我脚下。每天,我开窗第一件事就是把目光在树们的头上铺一层,如同刷我亲爱的朋友圈,观望好友的动向。初夏的早上,花醒了,叶还在梦中缠绵,花多叶少的合欢树,很像一个图案点点的瓷瓶。睡醒的花,擎着绒绒的小伞,三五成群,静静地眨着眼睛。她们沐着朝露,散着淡淡的香气。叶子们微微转下身,伸个懒腰,张开臂膊,结束了酣眠。等叶子们都醒了,整棵合欢树就像一个风华绝代的少妇，发丝光润，繁花满髻。午后，蝉声和阳光合谋好了似的，一个从头顶，一个从四面八方，一齐围攻铺卷过来。合欢树不慌不急，把自己撑成一把巨伞。伞顶，密密层层的小花。伞下，俯俯贴贴的汽车，下棋的老人还有嬉戏的孩子。入夜是合欢最浪漫惬意的。晚霞退去，叶子就倦倦地睡了。夜空里，星星闪烁，如开在苍穹的合欢；树上，繁花点点，如夜空的星星。

小区里一早一晚，偶有三三两两的老人，捡拾合欢落英。蹲地，猫腰，一朵一朵，捡起来，放到小篮子里，认认真真地，像海滩捡贝壳的孩子。我曾经提议他们用笤帚扫更快捷，他们说，捡的干净，花朵完好。把花捡回去，晾干，他们装在枕头里，让自己和老伴枕上去舒服又安神。剩下的卖给药材商，让更多的人，睡个好觉，做个好梦，不再深夜辗转。

我相信老人们的说法。药书上就写到：萱草忘忧，合欢蠲忿。蠲忿的合欢同忘忧的萱草一样，外在纤弱寻常，内心必须强大得令人震撼。

重逢已是奢华

无论如何我也想不到，在这里跟你重逢！我宁愿相信在这里遇到当红明星，都不相信会遇到你，红荆。

这里可是十几万亩的湿地公园，全国著名的旅游胜地啊。也许是因为五一长假，停车场成了丰年场院里的粮袋子，装满一个，又一个，装不下的，不得不左一处右一处堆放。午饭的时候，人像水，灌满了每一个能买到吃食的地方。

这么豪华的地方，你咋就堂堂皇皇地站在这里了呢？身材不颀长，面容不姣好，甚至几分佝偻，灰头土脸，你多像村姑在赴一场皇家盛宴。知道么，亲爱的，看着你，我不荣耀，有几分心疼。

跟别的会开花的树一样，你也刚刚开过花，正努力地举着。可有谁会觉得你那是花呢？没有朵，不，是朵太小，米粒儿似的。没有色，不，是红得不够，粉得泛灰。许多小米粒挤成一支小棒槌，许多小棒槌攒成一个花穗子，不声不响，在树枝头上晃。叶子也不像叶子，灰绿，没有舒展的叶片，没有透亮筋络，像鳞片儿干缩成颗粒，又压捺成细针。幸亏有点绿，不然没有谁觉得这是叶子。

游人们像水一样四下流去，流向游船码头，花卉造型的恐龙、孔雀、大熊猫，还有孩子们眼里高得摸到天的大轮子。

我不是水，没有跟着游人流走，想都没想就坐下来陪你。是陪你，也是慰我。

你不知道，这几年我一直在找你。一个个周末，我开着车去曾经满是你的河堤里转。河堤的大洼还是那么大，或许更大了。当初的低矮土房子，长成了小洋楼。当年，房子少，人多。现在，房子多了，人少了，很多人家让房子留守，人去了花花绿绿的都市。于是，大洼显得格外大，河堤显得格外长。

时值盛夏，雨水又好，正是玉米吐着花红线卖弄风情的日子，满洼的玉米组成汪洋的绿海，绿得汹涌。穿行在绿海里，我不是一条悠哉游哉的鱼，心里惶急地在找你。只要是玉米撒欢儿的地方，一定没有你。没有大块的碱场，我就寻沟沿、坟地，反正肥得冒油的地方不属于你。最后，我失望地坐在一处荒废的窑坑边想，曾经砍也砍不完、赶也赶不走的你去了哪里？

一个干瘦的老人向我走来，问起你，他说，去年在这坑沿子上有几墩子，他砍了编了最后一个土筐，今年就再也没见到你。跟着那老人回家，想看一眼被编成筐的你。筐，一点儿也不好看，跟老人的手一样干瘦，粗刺。如果不是你特有的红色和棘子，我真认不出你。老人说，编了一辈子筐，有癖儿，喜欢条子。柳条子、紫穗槐，活儿好做，筐子不耐用，就喜欢你。可惜老了，手不跟劲儿，眼也花。

在河堤里没有办法找到你以后，我就发朋友圈，打电话给海边的朋友，寻找可能有碱场的地方。一位老师给我发来图片说，他们那里有你，不过，在那里你不叫红荆，叫柽柳。我奔过去的时候正是冬天，芦苇的落叶冻在冰上，像一条条睡着的小白鱼。同样，你也睡着了，紫红的枝条蓬蓬着，碎叶子在脚底下铺了层厚厚的毯子。

今天你没睡，实实在在地醒着。

可我看着你，你一点也不知道。即使醒着，你的眼神永远不会妖媚流转招摇。捏了一块儿你脚下泥土放到嘴里，咸咸的，带着苦梢儿，味道在口舌间弥散开来。刚刚下过一场小雨，地湿糯糯的。我知道，只要风的长舌头一舔，太阳一镶，白花花的碱嘎巴就冒出来，一层盔甲似的。在这层盔甲里，妖媚的眼神永远落不了地，发不了芽。

马兰鱼草，紫红纤细的手臂漫着地伸开去，一节一节的，边走边扎下尽可能长的根。碱蓬，跟马兰鱼相反，功夫不用在根上，叶子肉肉的，圆鼓鼓的棒棒儿满是水。莫非它得了数学真传，圆柱的容积最大？苣苣菜娘子已经蹲了堐子，别看它灰白的叶子其貌不扬，倘若折一根，你会发现，它的汁跟奶一样白，比奶还要稠。芦草安静匍匐着，它是这块天地里最自如的一个，碱压倒水它是芦，水压倒碱，它就摇身就变成苇。

荆场边上，有几棵对掐粗的杨柳，都秃着脑袋怏怏地戳着。在最应该风流的季节里，它们却一点也兴奋不起来。应该它们是移栽来的吧，这不是它们的地盘，这里没有它们的菜。隔着窄窄的石路是一个大湖，湖边是肥硕的苇，湖里是比水鸭子还多的游船。

我明白了，不是你削尖了脑袋挤进了这胜地，是这块地只有你才站得住脚！杨柳都不得活的地方，还指望娇贵的牡丹芍药桂树玉兰吗？

想到这一环，我心安了好多，红荆，你这个土气爆棚的村姑，是这场皇家盛宴有名有分的角色。

如果放到四十年前，不只是我，就是你自己也没想到，你会有这华丽的转身。那时候，咱河堤大洼是历史上出名的泛区，天上雨大了淹，上游放水了淹，水沤烦了走了，甩下一洼大碱嘎巴。玉米不长，高粱不长，就长你；杨柳不长，桃杏不长，就长你。玉米高粱能填肚子，杨柳能盖房子，桃杏能哄孩子，你能干嘛？跟贫瘠绑定了的你，纠缠着祖祖辈辈河堤里的人们，人们烦你就跟烦贫瘠的土地一样。

恼恨你的河堤人没有抛弃你，粗糙的手把紫红色的你编成筐篮。他们发现，你的筋骨太韧，装湿泥运粮草，没有哪个比你更承重，更耐磨。原来，红筋骨的你跟红脸的河堤汉子是亲戚！

恼恨贫瘠的河堤人，也没有割舍下这块土地。红面膛的汉子们，背着用你编的筐，挑着用你编的篮，跋涉在贫瘠的盐碱地上，走成一道紫红色的风景。即使荒年外出要饭，最后他们还要回到这里。踏着白花花的碱地，望着那几间茅屋，他们心里才踏实。

似乎只是奔波忙碌中一个眼儿错，你就走出了河堤大洼，然后是乡亲们。忽然一天醒来，我很想找你们，查找四十年来你们的脚印。

窑坑边遇到的那个老人说了，你看起来皮实，其实很小性子。你的种子是绵绵的絮，穴在坑洼里，必须在水将退不退的时候发芽，水多了会沤烂，水少了会干死。你的根茎在盐碱中跟骨头一样硬，在肥田里会很快朽蚀成泥。你走了，大洼里长玉米高粱杨柳桃杏了，人们肚子填饱了，不用逃荒要饭了。然而，慢慢地，人们也走了，尽管盖起了新屋，新屋还很敞亮阔气……

看着你，真想问一句，你知道乡亲们走到哪里去了么？如果见到，你还认识他们么？

从晌午到夕阳西下，游人的潮水一波一波涌过，除了我，没有一个人在你这里驻足。地边那块牌子，木木地立着，上面只写着"柽柳，落叶乔木或灌木，高3—6米，产于中国各地，适合盐碱干旱地区生长。可供人观赏，枝叶可作中药材"，没有记录你任何的往昔。

离你不远的湖边，那座红色的大房子是一个民俗博物馆，好几千平米。我是从那里出来遇到你的，它豪奢地展示着谢幕的民间器物：胶皮车、小拉车、犁耙绳套，石头碾子、石头磨、蹾香油的大葫芦、去谷糠的木扇车……扯着孩子游览的大人们，亮着眼睛看，热着嘴巴不停地讲。

031

我想，与其说他们在给孩子普及农耕知识，不如说是自顾自地陶醉于短暂的穿越。

隔了四十年，的确我没想到，在这里与你重逢。只是最让我没想到的是，你活着就变成了标本。

一树桑葚醉高考

五月的太阳,在高考学子眼里,一定是长了利足的。它飞速前行的脚步声,不仅扰乱了孩子们的耳朵,还在他们心里催生了一丛丛的杂草,让他们躁动不安。

恰恰在这个时候,校园里的桑葚红了。起初,只是条上叶间,簇簇团团中冒出星星点点的红色,不几天红色渐密,最早的红色成了深紫,桑葚熟了。熟了的桑葚像一只蛹,肉头头儿的,鼓涨涨的果粒如层层叠叠的眼,萌哒哒地对着你眨。

"吁嗟鸠兮,无食桑葚。吁嗟女兮,无与士耽",据说,鸠吃了桑葚会醉倒,像人喝多了美酒,像恋爱中的痴情女子。听说而已,没有考证,只觉得它醉了一年又一年的高考。

十年寒窗,恰如一场人生马拉松。起点的满腔热血壮志豪情,中途的疲惫挫折沮丧迷茫,在五月都化作了难耐和焦灼。比操场边的太阳睁眼早,跟窗户外的月亮一块睡的学生们,时而希望太阳慢慢升起,把日子拉得长些,再长些;时而希望月亮快快落下,明天就结束这场博弈。

紫红的桑葚就成了这首激越曲子的变音符。

　　早自习过后是早餐时间，男生们撩开大长腿以百米速度冲刺餐厅，女生一撮一撮地悄悄摸到校园各处的桑树下。阳光正好，熏风正好。蕴了一夜精神的桑葚，有的坠落到草坪上，有的在叶子的间隙里窥视。女孩们高抬脚，轻落地。她们先把草坪上的桑葚捡拾起来，仿佛捡拾着昨晚梦里遗落的星星。然后，她们仰起头，在镶嵌了阳光的叶子里寻觅紫色的精灵。桑葚，是无需洗净就直接入口的，她们是眼巴巴地瞅着桑长大的。葚们不仅没有喷过任何农药，而且一定吸纳了日月的精华以及学校的书香的。吃桑葚，她们也是很有花样的。把一颗放在嘴里，嘬吸果肉，让满盈盈的汁液浸润口舌，这叫品。跟同伴交流，就跟课堂上讨论题目一样。把桑葚托在掌心，比比谁的更硕壮更有颜值，交换着放进嘴里，仔细咂，这叫吃。等到采多了，她们一改婉约，豪放地一把捂进嘴里。紫色的汁液，流淌喷溅，红唇、粉脸、白色的校服，染成大大小小的水墨画，这叫吞。

　　就在她们沉醉桑下的时候，桑上一群花花绿绿的鸟儿，在跟她们做着同样的游戏。

　　大课间，一曲轻柔的英文歌休止，男生们再也抵挡不住天井里桑枝的魅惑——她挑着、托着红红紫紫的果子，招摇了好久了呢——伸出长长的手臂，把桑枝子扯过来，不管青绿红紫，甚至连同叶子，捋一把又一把放在课桌上。枝条要是远一点，他们就借助老师画图的木圆规三角板，探出半个身子，让同伴在后面使劲拽着衣服防止坠楼。桑葚以这种近似劫持的方式采来了，然而，醉翁之意不在酒，他们玩桑葚大于吃桑葚。除了太嫩太小的，他们不暇顾及红的几分生，紫的几分熟，随意抓几颗，大嚼起来。如果时运不济，刚刚放到课桌上的刹那，紫得发黑的熟透了的早已被邻座的女生偷走。所以，桑葚的甜美在男生的味觉记忆中并不深刻。自习课上，阳光透进来，一摞摞的书本中间，散落着青绿红紫。男孩出神的瞬间，偶然发现一只比桑葚果粒还要小的爬虫在桌上悠哉游哉，像行走的果粒。拿过圆规，顺着果粒尖尖的头儿扎下去，是想寻找种子的秘密吧。

窗外，饱食了桑葚的鸟儿们，停在树巅，梳理着羽毛，偶尔隔着玻璃，望望黑板上条条排排的跟桑葚长得差不多的字符。

晚饭过后，太阳还高高的，距离晚自习还有十几分钟。桑树下，男生女生不期而至。男生猴子般蹿到树上，使劲摇晃树杈。熟透的葚子和着男生的呼喊女生的笑声落了一地。女生鸟儿一般跳到草坪上，寻觅，捡拾。把战利品集合在一起，他们坐下来，并不急于吃。女生揸着染黑的玉指乱舞，男生躲闪着。不知谁捏着桑葚在地上写了两个大字"高考"，此招一处，竞相模仿。写名字的，写诗句的，写数理化题目的。温热的水泥地，烘干着字迹，散发着酸酸甜甜的味道。这味道与鸟的歌唱混淆着，在傍晚的校园里散播。

孩子们知道，桑葚落光了，高考就结束了。那时候学校园圃的杏子、李子就要熟了；等到高考通知书下来，学校的秋海棠、土桃子就熟了；寒假回来，天井的柿子一定会举着小灯笼，在那里等着他们。

学校不是寒窗，校园是果园，更是乐园。

园丁告诉孩子们，学校的桑葚树这么多，但都不是种的。不知是鸟儿叼来的还是风刮来的种子，它们不约而同的长在这里，这是天意吧！

哦，原来是上天派遣桑葚，在五月阳光的利足里来陶醉高考的啊！

上树

　　最近，特别想梳理一下上树的日子，就像年老的奶奶坐在门口梳头一样。不凉不烫的太阳底下，半盆清水，一把竹篦，坐在蒲团上，奶奶半眯着眼，一下一下，梳啊梳。分明花白的头发很光滑顺溜了，还是不停地梳，她是在梳理青丝渐远的梦么？我不知道。梳理上树，我是想密密匝匝地理出些值得记念的东西，示人，也给自己一点慰藉。

　　其实，很遗憾，我不会上树，姐弟几个，乃至半截街的孩子就我不会，大人说我属相不在十二属——属鸭子。所以，整个童年，上树是我最仰望的事情。

　　春天来了，柳条子软了，在风里荡秋千，荡酥了孩子们的心。那时村里没有垂柳，柳条子站得高，想拧一只笛子，必须爬到树上。场边的大柳树最好，条子不粘，拧出的笛子爽净。早上，这个爬上去看看；傍晚，那个又爬上去摸摸。芽口睁开，柳葚子刚想冒头儿，火候恰好。树上的，噼里扑噜折了杈子扔下来；地上的，脖子早仰疼了，宝贝似的把条子揽到怀里，坐到地上拧。我们从来不担心柳树，折它几个杈子，就跟我们梳掉几根头发一样，随后就长出来。

两只小手捻着，转，转，转，劲儿要柔和。劲小了，皮不离骨；劲大了，皮破骨折。捻出一拃长短，用刀子割断，抽出白骨，青皮收拾一下就是一支柳笛了。柳条皮子有两层，外层肉头，绿色，内层发白，硬一些。笛子要吹得响，必须把一端捏到扁而不断，用牙轻轻嗑去一圈外皮才行。树，我不会爬，细工我做得好。一支支粗细长短的柳笛做好，树上的也玩儿够了下来，发给每人一支，"呜呜儿""呜呜儿"，鼓着腮帮子，比着吹，跟一只只蛤蟆似的。

初夏，槐花开了，太阳把坑边的小树林煲得温温热热香香甜甜的，整个后台子上的小孩子怎么也站不住脚了。打量花的疏密，挑定一棵，俩手摞住，鞋子一脱，脚丫子一蹬，俩腿盘住树干，噌噌噌，眨眼骑到了树卡儿上了。我们从下边望上去，人家简直就是骑马出战的将军。左一嘟噜右一把，塞进嘴里大嚼，他们吃得差不多了，就摘了扔给我们。

肚子并不饿，我们吃槐花不是充饥，是槐花诱惑的，它开得太热闹。站到远处看，树林子像一座花山；走到近处，它香得让你迈不动步。拿到槐花，我们不捋着吃。掂在手心，整串儿的像铃铛，揪下一朵，像只蝴蝶。"蝴蝶"的翅嫩，心儿甜，尾有点腥苦。我们吃得很奢侈，挑着心儿吃。吃够了就玩，一串串勾连起来，挂在耳朵脖子上。面对我们的大方，树和树上的将军们是不会在意的。对于树来说，这点儿花就像大坑里的鱼崽子，算不得什么；对于爬树的来说，比做道四则题简单，还有趣，更没什么。

耍巴够了，就研究爬树的学问。拧柳笛时，天冷不能光脚爬树，费鞋。一双新条绒鞋，磨毛了，刮破了，回家挨娘数落。摘槐花，不费鞋，树皮粗糙，费裤子，扣子磨掉了，兜兜刮扯了，回家挨笤帚疙瘩。最好的办法是，鞋子裤子都脱了。可新手肚皮嫩，蹭得一溜子一溜子的血印子，磨老了才行。

跟打仗一样，研究自己，还要研究树。

春爬柳，夏爬槐，榆树想爬又不能。带黄道儿的黑虫子，一疙瘩一疙瘩的，捻破了流臭水，鸡都不吃。大道两边的杨树最没意思。光滑，又粗又高，树上也没什么吸引力。除了偶尔有个喜鹊窝，就是秋后折干棒烧柴。可是，树是大队的，看树的老牛头脸太长，嗓门子太大。

东洼于家坟那一大片柏树很有挑战性。一年到头黑绿黑绿的，像反特片画面一样神秘。况且，折了柏树枝子，窗台上晾干了，屋里点了熏香——小弟弟妹妹在土当屋撒尿，太骚气。开始攻占这块阵地时，女孩子跟小个子男孩在远处等着，几个大个子开路。先是在没膝高的打碗颗臭蒿子里一阵敲打，捉出了两条大花蛇，又用棍子把一层层的干树皮划拉划拉，正式入驻。坐在树上的将军们，头摇腚也晃说，比柳树稳当，比槐树要香，不开花也香。后来，他们在树上还能串门，拽着这棵树杈，一拧身跳到另一棵树上。

有时候为了迁就我这只"笨鸭子"，就玩儿最低级的"摸呼噜"。摸呼噜最适合的是枣树和桑树，树干低，一蹬就上，不用爬。树卡儿多，盛得人多。上树前，扯个树枝折几段，猜筹。猜到短的蒙上眼，其他人上树藏好后喊一声"猴了"，蒙眼的开始摸。被摸的人不能伏着，一边晃动树杈，一边嘴里"呼噜""呼噜"。顺着声音动静，摸啊，摸啊，抓住谁，就让谁替换着蒙眼。

要是赶上被蒙的是个小孩子，大个儿一边呼噜着，一边把身子送上去，故意让他抓。也有时候，被摸的，晃呀晃，吭哧，从树上掉下来。不过，没关系，枣树矮摔不疼人；桑树条子柔，跟娘的胳膊似的，根本摔不着。

洼里阵地攻打完了，家里的树也不放过。

队部里，那棵挂着一块铁板当钟敲的笨槐，磨得锃亮的树卡儿里放着敲钟的锤。趁着队长上洼，爬上去，"当当当"，敲几下过瘾，引来误以为分东西的爷爷奶奶，招来一顿笑骂。那时候，生产队敲钟，除了上洼、开会，就是分东西。李家台子第四家新娶了媳妇，晚上顺着树爬进院子，蹲到窗台底下听声响儿，被开门洒水的大娘追出来，又是一顿前仰后合的笑。刘家台子老槐树最老，据说比爷爷的爷爷还老，俩人伸胳膊扯辘轳圆那么粗，半截腰有个大洞，有一回一个臭小子蹲在里面睡着了，第二天早上吃饭时，他娘才发现少一个儿子。

最后，只有一处没有占领，范家大院的松树。范家大院主人姓冯，院子是"捡"的范大财主的。房高，院深，一色青砖，加上长长的胡同，白天走近了都觉得荫荫的。松树真高，高出了屋脊很多。白天望去，黑乎乎的，晚上望去，黑成一团，就跟冯家爷爷的脸一样。跟看杨树的老牛头不同，老牛头高兴了坐在树下抽旱烟，让我们玩儿火镰。撕一点黄绒子，"刺啦"着火了，挺有意思。天天黑着脸的冯爷爷跟黑着脸的松树，成了我们上树日子里的小小黑洞。

梳了一圈，村里最高的还要数我家老院的大椿树。奶奶说，六三年闹大水，水哇哇带响儿，泡了满洼的庄稼，冲了村口的埝子，老老少少拎着包袱，跑到最高处。我家在最高处，大椿树还最高，这里就成了最安全的地方，包袱们都挂到了上面。我问奶奶，树那么高谁爬上去的啊？奶奶说，人跟猴子长得一样，俩腿俩脚，都会爬树。裹了脚的老太太也会？奶奶说，有啊，对门六奶奶就会啊。

上了中学，看着课本里类人猿从树上下来变成人的图画，我常常想起奶奶的爬树理论。前几年去云南旅游，听说当地十八怪之一是"六十岁的老太太爬树比猴快"，那一刻，觉得故去三十多年的奶奶像个哲人。

梳理完了上树的日子，我很想哪一天讲给我的孩子们听。除了上课，他们宅啊，宅得跟豆芽菜似的。我给他们讲上树，讲奶奶，讲我不会上树的遗憾；还讲那个于家坟里捉蛇的叫费力儿，后来真的去了部队当了将军；那个树洞里睡了一夜的叫七多儿，哥儿八个，行七，现在做物流，指挥着一大群大卡车，全国各地跑。

　　我想，凭我三十多年在讲台上眉飞色舞的本事，故事我一定讲得声情并茂。但我还是觉得这一课最难讲得入心。在孩子们眼里，恐怕我就是那个门口梳头的老奶奶，梳着枯叶子一样的白发，讲着掉了牙的故事，可能在我最动情的时候，他们却满脸蒙圈地笑。

脚步原来是花开

　　昨夜，雨火急火燎地敲我的窗户，吵了我的梦。

　　我是个很难被吵醒的人。莫说温和见称的春雨，就是盛夏的骤雨，扯着如鞭的风和震天的雷，也很难攻打进我的睡眠。我睡眠的世界，很多时候是个密封的星球。

　　当然，我很少做梦。也许因为睡前跟诗钟社的朋友弄了几个诗钟吧，昨晚我做梦了。梦里，真切地我跟几个朋友讨论对仗问题。那道题目是用"海·阅"写蝉联钟，"海""阅"二字须分嵌上下句首尾，使两联相连如一条枝上的蝉。我化用沧州名人扁鹊和纪晓岚典故，很想自豪一把："知著神医名四海，阅微学士誉全书"。可刚入门，太专业的平水韵对我来说模糊得像一团雾水。"知著"对"阅微"工整么？"四海"对"全书"呢？心里没底啊……诗，真是魔方一样的魅惑，诱降了我的睡眠。

　　就在这时，我醒了。还没弄清楚我的钟好不好，就醒了。嘭，嘭，敲窗的声音闷闷的；嗒，嗒，敲水管子的声音脆脆的。此时，夜一定像一个天大的乌蓬，把睡着的楼房、村庄、树木、桥梁、碑石，还有人们，包饺子似的裹在里面，一如我的睡眠裹了我。雨，也一定像我的诗入了我的梦一样，没有留下任何缝隙地入了夜的乌蓬。

翻个身刚想睡去，忽地，睡意全无。比诗钟里的文字更真切地进入我思绪的是那对夫妇，跟他们那间帐篷。我再也睡不下去了，<u>丝丝缕缕地惦记起他们来</u>。

城北的防洪长堤，对他们来说，不是豪迈的巨蟒，是挡风的墙。堤上，柏油路，通向市里，连接村庄。堤坡，树高低粗细错杂着；树间，草蓬蓬地，陈年白草与根底新绿纠结着。河道，数里宽，麦田青青。那帐篷，蓝的，在堤坡树下的草间，麦田的地头儿。帐篷周围，蜂箱散成一大片。他们是奔着堤坡上的树来的，洋槐花正努着嘴儿，一串串儿铃铛似的，等着开呢。

窗外。一阵风，声情并茂地走过；雨，噼里啪啦又一阵紧。

下意识去摸手机，不是想看时间，我想关心温度。手机没有打开，肩头凉风刷浆似的一片紧，不用看，室外温度不会超过5°。他们会冷，一定比我冷。那帐篷厚度抵不上水泥墙；那太阳能发电板，带不起取暖空调；门缝挺大，板床太薄，暖水瓶里可备足了热水……

无端地，在这乌蓬罩着的黑的夜里，我在头脑里辟了一条亮的路。顺着路，我回放他们的一切。

其实，我是昨天下午才认识他们的。其实，也不能说认识，我不知道他们姓名年龄、手机微信，只知道他们是安徽来的放蜂人。出于好奇走近那间帐篷，出于猎奇我问了好多问题，蜜蜂咋会在小泥坑边赶集啊，它们会飞多远啊，多少天割一次蜜啊，你家蜜蜂会蜇生人么……

笑着，妻子喊了声"大姐"，递给我一个线绳子绷得马扎。我坐下，看他们做，听他们说。

他们也一人一个马扎，并膝，垫条白毛巾，架着蜂房子，手里快而不乱地忙，嘴里脆生生地应。

他们说，中午刚到，这是第十一年来了，年年在这里扎营，周围的村里好多老朋友，总来打蜜，买花粉，还给送吃的穿的……对了，卖刀削面的大哥回山西了，中午收拾停当给他打电话要碗面吃，没吃上……

这大堤洋槐多，品类好，通风强，花开得盛，两堤间的距离，恰好蜂够得上，飞得回……

架着小格子蜂房的丈夫在种虫。他用一枚掏耳勺儿样子的取虫笔，把针尖儿大的蜂卵从小格子取出，放进大胶囊似的蜂王房子里。他说，种进去，蜜蜂就会喂它蜂王浆。

架着大蜂房的妻子在取浆。尖尖的镊子翻飞，白嫩的蜂王儿子夹出，放进小盆子。她说，昨天晚上下雨，路上耽搁了几小时，虫有点大了，浆有点少了。虫，七十二小时就该取，不然它们会把蜂王浆吃掉。胖虫儿高蛋白，泡了酒卖钱；王浆用取浆板刮出，价高呢，今年浆还没取时，就订出好些了……

指着屋角一排大白桶，丈夫抢着说，这些蜜也都订出去啦。

一辆自行车从地里拐了弯儿过来，一个汉子俩脚支住车子喊："今儿来的？抽支烟吧？打算待多少天？我种了几亩西葫芦，花快开了，采完我的西葫芦再走呗？老李家柴鸡下蛋了，今儿晚让他给炒一大盘子，咱喝点儿？"

"今年天儿冷，花期晚，要二十八号以后才升温，能多待几天。喝酒行，你那西葫芦采不上的……"丈夫接过烟夹在耳朵上，继续手里的活计。

"我们头出来，把孩子送到寄宿学校，把狗崽崽打发了人，才采完了一波油菜过来，在咱这儿采完洋槐，就奔抚顺、葫芦岛采洋槐，然后去吉林山里采椴树，最后再返回葫芦岛采荆花……今年行情还行，就是大孩子青春期，有点逆反……"跟见了久别的亲人一样，妻子一边取浆，一边唠叨，像个倒豆子的竹筒。

043

妻子白胖，丈夫黑瘦。他们偶尔抬头看看我，问我的孩子。我说到大的在大学工作，小的在读大学时，他们嘘一口气说，你多好啊，俺们盼着吧！

蜷在门边的黑狗站起来，歪歪四眼儿，不声不响地从丈夫腿底下钻进屋。屋里，木板搭的床，木凳支的灶，水舀子斜在桶里。夫妻的鞋帮上，一圈半干的泥……

今年的雨腿脚儿勤快，常常早晨一起来，把天洗蓝了，把地润酥了。他们鞋子上的泥还没有干透，这天就又下雨了。这雨，是在追着他们下么？从安徽、河南、山东一路追到河北？

蓦地，我释然了，头脑里那条白亮亮的路，不再被夜的乌篷罩着。

打在那蓝帐篷上的应该不是雨，是琴弦。他们不会梦见诗钟，但会梦见花开。雨后，洋槐花会开得欢实，蜜蜂采得欢实，搅蜜的妻子笑得更欢实，洋槐花蜜可是蜜中上品哦，尤其是太阳出来天干了以后。采完河北奔东北，采完洋槐，荆花、椴树们列队迎着呢。梦到花开的妻子，不会觉到冷的吧。

原来，他们是跟着花开的节奏行走的人。大江南北，一陌陌花开，把路铺成姹紫嫣红的五线谱，分明地，他们就是跳跃的音符。不一定懂诗，但他们应该是最好的诗人——就在这个雨夜，我觉得。

第二辑　火凤曲

有一天，让文字替我活着

窗外是秋，窗内是秋。

窗下的合欢，褐色的荚簌密过了苍绿的叶子。公园的草坪，刚刚修剪过，尽管空气中还荡着青青的味道，却已然没有了春夏的浓烈，断断续续的，像若即若离的丝。更远处的田野，大片的玉米，在收割机的呼喊中，正在或即将集合到场院、仓库或者更远的地方待命。

窗内的我，半杯清茶，一方键盘。无须揽镜，随意抬手，我就能摸得出鬓角耳后的白发。几年以前，第一次见到白发，我视如仇敌，大呼小叫着除之后快。如今，年近半百，经过番番较量纠缠，我与我的白发达成了一场和解。一方面，它们态势汹涌却态度平和；另一方面，每次梳头满地的落发告诉我，只要不落如秋叶，白发也是头发。

终于，我认可了，我的人生已届秋日。况且，眼也花了，学生问题的时候，我须挪到亮亮的窗下，将卷子离得远远的；况且，我叫错学生名字的次数渐渐多，每天找手机找钥匙的频率在加大……

我知道，十年以后，我的步履会迟缓；二十年以后，我的牙齿会摇落。我还知道你也一样，哪怕你曾经玉树临风，站上半百、花甲、古稀、耄耋，这一个个台阶，秋意会渐愈浓厚，从毛发肌肤，它一直浸透你的骨髓。自古仅有彭祖之说，生而赴百岁能期颐者，鲜矣，无论你是野夫还是帝王。

窗外，秋如一个巨大的口袋，把高低的草木、红绿的颜色和宏大细小的虫鸣，用惯常的温情，有条不紊地收纳起来，让她睡去。来春，这只口袋慢慢张开来，一切便如安徒生童话的角色般，悄然苏醒，复位，灵动起来。而窗内，岁月如水，它无法涤损天地万物，却涤尽了你我的生命。岁月如刀，它收割不了清风明月，忽然有一天就收割了我们的肌体。我们的生命真的不是轮回茂盛的韭菜，而是纯粹的单程。

当生命的大幕渐合，舞台的灯光音响渐弱渐远，我们的味道，还能在看不见的空气角落里吸张招摇么？

茶尚温，香漫散。阳光透过窗，搅和了我的茶温和茶香。敲击着键盘，屏幕上现出我心的轨迹。回车，发送，我的所思所想立马变成了看不见的线，发射到了不确定的远方，牵扯了说不清的人们。

哦！文字是我的精灵！她从我的毛发走出，从我的肌肤走出，从我的眼神走出。别人还没有醒来的清晨，她是窗前唤我鸟鸣；世界躁动的午后，她是我案头散香的兰草；风雨交加的黑夜，她是挂在我心头的月，如一枚熟透的果子，等我摘取。于是，我的脚步，我的声音，我的心跳，统统都化作了文字。文字就是我的苦乐、细腻、贲张、狂躁甚至卑微。

秋天，你能挤进我的窗子，苍了我的青丝，摇了我的皓齿，迟了我的健步。你奈何了我的生命，能奈何我文字吗？她的温度，会始终恒定着的。文字，她是我长了翅膀的天使，她自如地飞跃在我的键盘和心绪之间，飞跃到我的心绪想要去的任何地方。她的翅膀，是我用生命从春到秋的淬炼，是我灵魂对天地自然的精诚。注定这是一对轻盈而有力的翅膀。轻盈到她煽动的时候，不惊扰任何无关的人，有力到她总能保持着以我的姿势飞翔。

文字是我的天使，我在的时候，她是我的；我离开以后，我是她的。

有一天，我死了，文字会替我活着。她忠诚而坦荡的替我活着，活在所有她能去的空间和时间。她会比我活得更自由，更优雅。如果可能，她会告诉这个世界，告诉历史，曾经有那么一个人活过。那个人只是一个最普通的教书匠人，貌不惊艳，才华一般，人性一点儿都不伟大。整个人呢，她就像一粒米落进大海里，一粒尘埃飘在天地间。但她真诚地爱过这个世界，善待了所有与她擦肩而过的人，哪怕是一草一木。

今天，坐在窗前，在浩瀚神奇的秋日，我截获了一条密码：人生会有萧瑟，有秋天，但文字是永恒的，拥有文字的人是幸福的。

有一天，我死了，文字会替我活着，一直活到地老天荒。

既然如此，趁我活着的时日，我好好地跟我的文字相拥相爱，把我的体温，我的意念，毫不保留地传递给她，凭着我的血液！

把冬天关在屋外

　　正午,窗上趴了一只瓢虫。阳光穿了双层玻璃进来,不仅没削减功力,反倒加了倍地暖。逆光里,小虫背着壳子散漫地蠕动。

　　我不是梭罗,没有大家解读鹌鹑眼睛的通灵——那眼睛"是造物者的馈赠,跟她映出的苍穹一样久远"。看不清瓢虫的眼神,但我肯定,这虫是与窗外的冬天不相容的。

　　窗外的树们,除了国槐叶子宁可蜷起身也赖在枝上,椿树和木槿们,赤裸着立在风里。快要大雪节了,天气预报又要降温十几度。朋友圈里,一个心思细腻的文友晒图,把窗下月季残朵剪来,插在瓶里,怜花一个温暖绽放的机会。

　　事事物物躲进暖室的时候,只有冬天在屋外了。突然很矫情地想,不知道冬天独自立在世界里孤独不。

　　那些年冬天可不是这待遇,它总变着法儿地混进屋子,跟人搅和着过日子。

　　北风吹起来,主妇们做好大人孩子、薄薄厚厚的棉衣棉裤、鞋脚袜子，收拾停当针线簸箩，就开始糊窗户。窗子玻璃，经春吹夏晒还有孩子没有顾忌的咣当，封缝的捻泥脱落了，有的玻璃还裂了纹。针鼻儿大的洞，斗大的风。风像个探秘的孩子，扒着头儿，扁了脑袋，从缝儿里往屋里钻。粗粝的手从锅里抢半碗剩粥，旧报纸剪成条，抹了，糊上。阳光映着她不施脂粉的脸，冬天就在玻璃外面不急不恼地等着。不消半天，纸的边缘会高低地翘起空隙。届时，冬天就吹着口哨，跟着风，招摇入室，跟主人捉迷藏。

主人也不急不恼，把炕上的针线簸箩，被摞子，连同扫炕的笤帚疙瘩，统统拿到柜子、凳子上，卷起了炕席。窗下，麦秸或谷草早已饱晒了。秸草和太阳的香气暄暄腾腾的，被主妇粗壮的胳膊抱进来，铺在土炕上。跪爬着，这边按按，那边摸摸，薄厚匀实了，扑扑衣裤上的尘土草屑，又把席子铺上。

阳光也是穿了玻璃进来的，遭遇了刚飞扬起来的尘土，它们串通一气，把屋子打造成了一片光海。澄明的光水里，毫无知觉地，主妇被变成了一条鱼。上上下下地游着，把被子、炕桌等堆叠成了大小的石礁。

冬天知道，即使它很阴谋地跟着风，在半夜里钻进这样的炕上，刮摸孩子白日吹皴了的鼻子脸蛋，无论如何也惹不醒他们的梦。弹球，撞拐，煽纸啪叽，疯了一天，头一栽，半截土坯一样，孩子们睡得跟圈里的猪崽似的死沉。

除了窗子，门是冬天进到屋子里最重要的通道。

站在阔大的院子里看门，冬天觉得门是房的嘴巴。孩子上学放学，大人出出进进，东邻西舍来来往往，那嘴巴总要吐纳的。只要那嘴巴一张，冬天就尾巴似的随着人进去。进到屋里的冬天，跟铁扇公主肚子里的孙猴子似的不安分。钻灶膛，上锅台，去水瓮照影儿、到囤脚底下转个圈儿，再撩起布门帘蹿到里屋，连炕头上小花被子盖着的发面的瓦盆也不放过。

安了烟筒的铁炉子上，一口小铁锅，咕嘟咕嘟着，突突地腾着热气。炉脚，戳一双浸透了雪泥的鞋烤着。

　　冬天有时就像哲学家的思想，不喜欢恒定于一点。站在屋外吧，老想进去，在屋子里待久了，又觉得闷。尤其是夜深了，串门拉呱的邻居们，守着旱烟簸箩，一根接一根地已经抽了好多。终于见一个抬了抬屁股，本以为要走了，人家却捻起一张纸，捏了烟丝放上，卷起，伸舌头蘸了唾沫，将平。一支喇叭烟卷又叼了起来。炕头上老人和老猫，倚着被摞子打盹儿，孩子上蹿下跳烦了，窝在炕梢儿，枕头也没枕睡了。

　　这时候，冬天也恹恹的了，顺着被煤焦油蚀得花花离离的铁皮烟筒，或拽着去院子里铲煤的男主人的后衿尾，跳到院子里，跑到大街上、村外的苇塘田野里，撒欢儿去了。

　　那些年，冬天的眼神是丰润的，她熟悉炕头的温热、锅灶的香甜。人们只拒绝冷，没想过把自己和天隔离开来。

　　如今，人们防备寒冷，把冬天关在了屋外。室内地暖墙暖，把房子烘得轻飘飘的。除了窗子玻璃装了双层，门子要加厚钢板，外加C级防盗锁，连钥匙孔都是关闭的。据说，大城市，别墅的防盗门，锁成了虚拟的，刷脸、输指纹入户。

　　把冬天关在屋外的人们，也把自己的世界切割成一小块，只容得下自己。戳手机电脑链接的世界腻了，去田里歌咏拍照晒图，带回泥土种子，种在阳台上，好像世界恭请回来一样。

　　楼下，送孩子上学的年轻父母，口罩、帽子、大小棉衣，把宝宝裹得如一只只大粽子，然后装到汽车上，拉走。

　　窗子上，瓢虫过了一个午间，也没有挪出一根窗棂子影子。窗台上，码放的橙红的柿子，是母亲园子里收的，一溜都通亮着。这虫是跟了柿子来的吧，我想。也许，此刻乡下母亲院子里，冬天正闲逛，偶尔捅得檐下晾的菜缨子晃悠，它蹲在窗台下的咸菜缸上晒太阳，里面腌着萝卜、芥菜、西洋姜，来春晒干焖红了吃。缸的釉子冒油的亮。

把目光从窗子放出去，经过窄的楼间，铺向小区远处阔的林子，这空间形状很像子宫。忽然觉得，昨日何尝不是孕了今天的子宫？子宫是所有人住过的最温适的房子，但娩出就注定了剥离，我们既不可能回迁，更不应断舍了与她的血脉。

耳边讴歌昨日田园的曲子不断飘过，幽怨而彷徨。人们啊，真的不该做时代的叛逆者，肉体消费着文明，精神却抵牾着人家，那该是青春浅显而幼稚的躁动。

不管如何，我决定了，让这只瓢虫留在屋子里跟我一起过冬，尽管我未必能读懂它的眼神。

窗外，合欢一片安静

盛夏的午后，像一团线，冗冗长长的，又像一条隧道，没有车辆驶过，张着嘴巴，只呆呆地等着。没有风，一丝也没有。没有蝉鸣，一丝也没有。连鸟和孩子们以及远处的汽车声，也商量好了似的，统统躲藏了起来。晴而不响的太阳，烈又几分混沌地泼洒着，有力度，没声响。楼下，合欢们，不摇，不动，很像一张毯子，铺展在这座楼和那座楼之间。

远望，毯子浓碧如玉。细细品味，未来得及凋谢的花朵，星星点点，粉艳不再；刚刚成型的荚，被簇簇的羽叶举着，通透着豆豆微微的凸，一如少女乍萌的乳。有了残花和嫩荚点缀，这毯更像玉了——有纹理而非纯冰种的玉，不价值连城，素常亲民的玉。假如雕成饰件，不是摆放在皇宫或被贵族们拍来拍去珍品，而是戴在邻家女人腕上的一枚镯子，点缀着主人稍稍有点精致的生活。

如果这是一块玉，她历经了多少年的地下沉积、岩浆侵入，而后火山喷发、期后熔岩重新结晶？风尘给予了她怎样的嘱托？岁月委派这位使者,以这种形式,暗示我们一个怎样的谶语呢?

曾经,她是花簪满髻的。那花,是粉红的,就像战马额前的缨子,红得烁烁,粉得晃人眼睛。那瓣,不是瓣,瓣太粗疏了,她用精细的梳子把自己梳理成丝线,用细腻心思把自己化成无数对触角。在这个世界面前,她温柔而又敏感地绽放着。花们,团团簇簇,天降的小伞似的,一落就是一树。整棵树像极了从宋词里走出来的少妇,发髻簪满的不是花,是温婉,是妖娆。千年百年一路走来,那步履里溢着优雅,眸子里淌出执念。

昨夜,星月斑斓。众星于碧空漫撒着,疏疏密密的。脉脉的星辉,一如合欢花那细细的绒线和触角。满天的星,就是开在天上花。满树的花,就是落在树上的星。月亮不甚明皓,她似乎乐得在这如花的星辉,和沾满了星辉的花影里游移,浸染这份浪漫。月,实在不愿意搅扰合欢的梦,比花更让自己心疼的是那叶。夜的帷幔还没有完全遮掩,叶们便迫不及待地开始了缠绵,对视,拥吻,缱绻。合欢叶子是世界上最多情的,如果生命魂魄存在轮回,她一定是修行了千年,又经历了几生几世,如今才落地合欢的。

风雨交加的日子,狂风如笞,暴雨如鞭,天地要被凌迟,万物都在战栗,一瞬间变成了寒蝉。除了风雨雷电,这个世界谁都没有了话语权。在这千万般的虐里,合欢貌似娇弱却能够花颜永葆。翌日的阳光下,她又耸起了并不威武但柔韧如水的肩。秋至,枯的羽叶化作了枯蝶,先是一只只,后是一群群,飘下。在西风中,像被席子卷着一般,它们凌乱了昔日的梦。冬来,朔风变成了刀,率性恣情地狂砍。褐色浓厚,一如后土的豆荚子们,一簇簇地举着,就在枝头。风刀过后,一曲恢弘的摇铃大曲轮番奏起。

……

其实,此刻只是一个缝隙。不春不秋,不风不雨,这不是合欢的常态。时光的河，长袖一挥，总善于拨风弄浪，把生命的小船颠簸得歪歪斜斜。这个午后只是一个窄窄的缝隙吧，合欢就抓住这个缝隙，尽享这片安静。趁着下棋的老人们还躲在空调屋子里，趁着遛狗狗的妇人还没出来，趁着嘤嘤嗡嗡纷纷翻飞的虫儿们还在眠栖，暂且让我安静一下吧，不睡，不醉，也不醒，不拘眼睛的开合，和心灵的驰止。

听到了合欢的心语了，我，在一个长长的午后。把目光从窗子放牧出去，我触摸到了一块玉积淀岁月的痕迹。玉绝不像钢铁，只用火炼，用水淬，她的透辉石化，清脆悦耳，是面对强大世界，自我的内心更强大的重组。玉是有生命、有呼吸的。她的生命是润的，她的呼吸是温的，玉才是生命的王者。

窗外，楼下的合欢该算是一块待琢的玉吧。她就在我触手可及，举首可见的咫尺。

沧海狮魂

彭祖八百岁，铁狮一千年。烹得一手好汤的彭祖，因救了尧帝的性命而著名；深谙养生的彭祖，因长生不老而成了美丽的传说。比之于彭祖，沧州铁狮，同样传奇，却又真实可感，他一千年的岁月，早已沉淀成了一部厚厚的书。

铁狮应该是一个行侠，他昂着头，迈着坚毅的步子，铜铃般的眸子洞察着路和远方。嚓，嚓，嚓，他一路走着，审视着这个世界。居然，有一天，走到沧州这个地方，他停了下来。

他一定是在千年前的某个夜里来到沧州的。人们不知道他来自何方，但断定是沧州这块土地吸引了他。一片祥云之上，如水的月光之下，他一定是看中了沧州这块大地不凡的气韵，于是，他背负青莲，身衣福田，腹藏金经，降落到这里。或者是他的主人文殊菩萨，象征着聪明智慧的文殊菩萨，远赴开元寺受香火，他留在门外等待，这一等竟是千年。总之，铁狮留了下来，他带来的经文，人们一代代一遍遍地读。读着读着，那经文就化成了一粒粒种子，撒落在沧州这块大地，撒落进人们的眼神，声音，血液。

他一定是在千年前某个夜晚来到沧州的。人们不知道他来自何方，但断定是他听到了苍生的呼唤。那个夜晚，天地混沌，风雨雷电，海水咆哮。恶龙又来了，驾着风雷，纵着海水。这妖孽吞没了大片大片的良田，摧毁了大片大片的房屋，抓走了无数的童男童女。号呼声，厮打声，在海浪风雷的夹缝里挣扎。他，听到了，毅然地停了下来。昂首，怒目，伸颈，运足丹田气力，张开如盆巨口，对着天地苍茫一声巨吼。天崩地坼，恶龙退了，神狮留下了，长久地以昂首，怒目，伸颈的姿势。他的吼声如一根神针，震慑了肆虐的海水。自此，沧海无患，万民安居。

铁狮的名字叫"镇海吼"。

前两年去威海，在一座临海的山头，偶然见到一尊类似狮子的雕塑，名"犼"。同行几人联想到了"镇海吼"。有人怀疑，"镇海吼"之"吼"，是否原本为"犼"？犼，有着很神奇的传说。一说它是龙的儿子，上通天意，下达民情，天安门华表上就雕刻了两只。又说它是蛟龙的克星，曾经三蛟二龙合斗一犼，三日难分伯仲，因此常常被派遣镇守海边。仔细端详，尖耳，扇尾，似兔，类马，从"犼"身上，我无论如何也找不到沧州铁狮的神气。

我铁狮，只能是称之"镇海吼"。

他的吼声里，一定充溢着浓浓的酒气。沧州是一块不缺少酒和侠义的土地。满巷子飘香的老酒，烈了沧州汉子们的嗓门，性子，还有魂魄。猎猎的酒旗，隔着风与锣鼓刀枪应和，飒飒地威武了华夏九州。豹头环眼的林冲，在那个风雪的夜里，小巷的酒馆，几碗酒下肚，点燃了他大丈夫的血液，一根银枪舞来，痛快淋漓地书写了除恶务尽的绝唱。窦尔顿孤胆盗御马，演绎了一位蓝脸的铁面佐罗。大刀王五，京师名侠，护卫"我自横刀向天笑"的谭嗣同，成就了中国武林的"昆仑"。霍元甲，声震津门，名扬世界，举首是威风，啸一口长气，那是沧州的精武之魂……

如果你再仔细听，他的吼声里，一定还有厚厚实实的诗意。沧州是一块最不缺少诗与柔情的土地。"蒹葭苍苍，白露为霜，所谓伊人，在水一方"，这是尹吉甫在低吟，还是毛苌在浅唱？千年的日月霜华，《诗经》早已濡染了铁狮的步履了吧？"枯藤老树昏鸦，小桥流水人家，古道西风瘦马"，游子马致远悲戚，唱彻了诗家百年那柔软的乡情。铁的嘴，铜的牙，长长的大烟袋一挥，与万里长城等长的《四库全书》拿下，纪晓岚不是传奇，只是饮了沧州的水，脚踏着沧州这块神奇的土地……

一千年来，这位铁狮行侠，他不再行走，把自己栽种在了沧州这片沃土，像一棵树一样。从来他都不是一个旁观者，铜铃似的眸子，热热地望着这里的一切。清风楼下，运河水从遥远的南方款款地走来，负载着唐宋的繁华，向遥远的北方急急地驶去，带走了明清的喧嚣。春日的园子里，梨花不闹；秋天的林子间，枣香已醉——白发的老人，牵着学步的孩子，发际，耳边，全都是香香和甜甜的日子。

前一段时间，朋友圈里热议一个话题：铁狮子会倒么？一千年了，风雨侵蚀，锈迹斑斑，目光里满是疲惫，有一天，他会倒下的，尽管我们谁都不愿意；东斗蛟龙，北吞虎豹，昼镇沧海，夜佑苍生，历尽了万般淬砺，他该歇歇了，尽管我们谁都不忍心……

狮子，作为铁身可能有一天会消弭，但是镇海吼不会！他早已把自己长成一棵巨树，在沧州大地上繁茂开花；他的吼声已然化作了运河之水，流淌进永远的时空；他的魂魄也幻化为最动人的诗句，为沧州人世世代代谨记，传诵：沧海不老，狮魂永存。

就在今天，我想起了你

我绝不是一个煽情的人，这也绝不是一篇赚取眼泪的文字。

今天我想起的这个你，不是我的亲人，只是我的学生，我从教三十多年所教过的以千计的学生中的一个，但后来你成了我的亲人。何以在今天我想起了你，因为湖南沅江有一个老师被刺死的事触动了我。

我跟那个老师有几分像，身份都是高中教师，我大他一岁。其实，最像的是我们都很较真儿，注意是"较真儿"，不是认真。认真是个褒义词，不能轻易用在老师身上。"较真儿"是死心眼儿的意思，大凡当老师的，没有几个不较真儿，通病。这位鲍老师因为学生作业没完成，就加班留下学生做工作。这类事我常干，并且干得顺理成章天经地义得心应手，当然是在自己看来。虽然没有人补贴加班费，甚至连领导表扬都没有，自己干完每每心里舒服得像熨斗熨过似的。尽管有时候因为这些，耽误了回家看老人和陪孩子看电影，还是乐此不疲，就跟狗偷了蜜似的，过瘾。

我跟这鲍老师又不很像。从媒体文字上看，鲍老师还算性格温和，起码比我温和。学生完不成作业，顶撞自己，只是用"转班"忽悠，这不是糊弄幼儿园大班孩子的手段么？跟唬小朋友说"别哭了，再哭马猴来了吃了你"有啥区别？我不行，我没有那么大耐心，尤其是面对你。

再说说你，你跟鲍老师的罗同学有一点点像，就是不想听话，老想壮起鼠胆把猫打翻。除了这个，你跟罗同学没法比。人家罗同学，成绩好，考第一。你不行，老考倒第一，全年级一千多人，你还是垫底。所以，也许罗同学完不成作业是偶然的，可你完成作业是偶然的。你上课听不会就睡觉，下课精神了，就变着法地捣乱，东溜西逛，上树爬墙，我一个眼儿错，你就到邻班惹了事，被人家班主任告状来了。同学都说你，记吃不记打，屡改屡犯。

所以，跟你说话，我养成了单刀直入劈头盖脸的习惯，只要我一扯嗓子，一个楼道都知道是"优待"你的小灶开火了。你跟罗同学不同，人家自尊，面皮薄。你总嬉皮笑脸地说，你的脸比咱学校西面最高的墙头厚，你数了，墙才一丁砖，没多厚！后来，你就爬过那段高而不厚的墙，跑出去了。每天下了晚自习，晚上十点以后，一跑就一个多月，外宿不归！

发现这个问题那天，我惊出了一身冷汗。再怎么捣乱，毕竟你也是女生啊！一个多月外宿，无论出点啥事，我这个班主任吃不了兜着走啊。一向喜欢吼你的我，一反常态，静水流深，我在琢磨对策。没有打草惊蛇，暗地里我喊来了你的父母，打听在县城你家可有至亲投靠。你父母一脸茫然。等把你喊到办公室，你摇头晃脑满不在乎地说了一句，不就是出去睡个觉嘛，有什么大不了的。有身份的城里走读生能出去，我就出去，我就想做个有身份的人。所幸你只是找了个学校附近孤老太太借宿，所幸你只是为了小小的虚荣！

长出了一口气，我跟你父母合计，遣送回家反省，以示惩罚。没想到，就在学校院子里，耍猴似的，你跟父母又跳又叫，颐指气使。你父母嘴里叹气，眼里流泪，无法把你带离学校。那一刻，不知道我从哪里来的一股二虎劲头，听着你父亲那句自言自语"都是你奶奶把你惯坏了啊"，我火冒三丈，全然没有了女老师的风度，拿出年轻时练过八年武术的腿脚功夫，蹿到你面前，薅住你的衣领子，提溜小鸡仔一样，把你拎到你爸面前，抬脚把你踹了个狗啃地，喊了一声："滚！我不要你这种吼爹骂娘的畜生！"

那一刻，你安静了，第一次见你眼神像刮过阵风的地面。乖猫猫一样，你跟着父母走出了校门。

两周后返校，你给我写了一封长长的信。把信送给我，你找了办公室没有旁人的时候。扑通一下，跪在地上，双手把信举给我。你的手是抖的，你的眼里满是泪水。信，不用看，我一把抱起了你，我的孩子！

后来，参加完学业考试，就离开学校了。你说，我底子薄，混个高中毕业证就行了，出去学点技术吧，糊口，不当爹娘的寄生虫。你学了装修设计，两年后带回了男朋友，让我看。再两年，你结婚，非要我送你，说我不送你就不嫁。死丫头，你的婆家那么远，汽车要走两个小时。当放下你，送亲队伍返回的时候，我不忍看你，躲在了人群里。你扒开人群，抱住我哭，放声大哭。我嘴里说着，大喜的日子，哭不好，看，越哭越丑了，但我的泪水早已经像决堤的河。

你拉着新婚的丈夫，对着我说，这是我老师，更是我妈。亲妈生下了我这个孩子，半路我把自己活成了痞子，是这个妈，把我这个痞子又变回了孩子！从那天起，你还有你的丈夫，都跟我叫妈。

今天，你已经是两个孩子的母亲了，有自己一份事业，孝敬爹娘公婆，和睦邻里。

就在今天，我想起了你，孩子！想你两口子一口一个妈喊着，一双儿女咿咿呀呀地喊我姥姥，除了幸福，今天有点不安。

当初，我无数次吼你，不分场合地点，不照顾你的自尊，难道你心灵深处没受打击？没有阴影？就在学校院子里，我对你拳打脚踢外加爆了那么粗的粗口，说了那么绝的话语，难道你的身心，就遭受没有铺天盖地惊天动地的巨大创伤？还有你父母，自己舍不得打的宝贝闺女，一个不相干的人，一个破老师，当着面就敢给施加暴力，难道他们没有怨恨？

当初你那封长长的信，足足十三页，泪痕层叠的啊，你说过，那封信超过了你一个学期的作业字数。当初年节，你父母总是给我带红枣小米，那枣甜着呢，米香着呢！

就在今天想起你，我的孩子，我没有后怕，也没有忏悔。对你，我的心始终是热的，尽管当初我的话可能是冷的。

就在今天反复想你的时候，除了祝福你，我还警示我。在今天，以及以后，你不可复制，我不重蹈覆辙。再遇到如你一样的孩子，我万万不敢冷语，哪怕高声，更别提拳脚。不是我想心冷，是鲍老师的血让我目眩，况且，近年来全国东西南北中，鲍老师的悲剧已是遍地开花。

今天以后，也许我会想起我生命交集中，和你类似的一个个孩子。我想在这样的回忆中梳理一下走过的路，以便能够平安地走下去，也许会因明哲而苟且！

与我有关的母亲

一

曾经，总在清明前后梦见去世的姥姥。

老家习俗说，先人在烧纸的日子托梦，是有所惦记。母亲嘱咐我，烧纸时念叨念叨。"姥姥收着钱过好日子吧，别惦记家里啦"，这类话念着念着，梦里姥姥影像就淡了。很像在最古老的送别路口，连个弯儿都没转，一个眼错，姥姥就不见了。

孙辈中，姥姥最怜我。出生时，我不足爸爸鞋子大，不会哭，偶尔叫一声，赖猫似的。时值寒冬腊月，就五十年前的条件，除了姥姥，没人觉得我能活。第一次做母亲的母亲，只会搓手、掉泪。

姥姥撕了块儿棉花包了我，解开宽大的缅腰棉裤，把我放进去，留一条缝容她看我，让我出气。整一个月，姥姥没敢脱衣服，没敢躺卧，没敢深睡。

我想，姥姥的棉裤兜儿一定很暖，跟母亲子宫里一样。我活下来，是姥姥接力母亲，再育了我一次。

今年，母亲节前夕，我突然梦见姥姥。她穿得干净，走路利索，在一个喧闹的集市口，没跟我打招呼，只擦肩而过。

在这个日子让我梦到姥姥，是上天给我传递一个谶语么？

二

出嫁前，父亲嘱咐我，人生双重父母，婆婆也是娘。语气硬得像给出征将士发的令牌。

婆婆种地出身，不识字，一个也不认识。我从书上读来的说法，婆婆不懂，只是抵抗。比如，酸的剩饭不能吃，捡来旧衣服不能穿，下地回来不能喝生水等等，我这铁铮铮的科学，在她一概作废。

婆婆的逻辑是铁打的，比父亲的令牌还硬。

实在觉得受挫了，就去跟父亲叨叨。可父亲仍是铁一样硬的话，老人半辈子活过来了，你凭啥给改？

一直以为，我是站在一块高地儿，迁就婆婆。女儿出生，反感孩子睡沙土，拧不过她，我就听从；给女儿下奶，她煮大片肥肉给我吃，可着手抓一大把红糖放我粥碗里，我佯装愉悦，接受。儿子拉肚子，我联系好了儿科主任，她偏不让去医院，炒牵牛花籽压碎了喂孩子……

直到婆婆去世后，我收拾橱柜，找出大小棉裤，足够我儿子穿三年的，我才明白了她。儿子皮肤敏感，穿不了腈纶棉，她这是在得癌症后，悄悄给她小孙子做的。婆婆自己的棉衣是旧衣改的，可我儿子的都不是……

原来，婆婆是铁心帮我把母亲做好的那个人。

三

我的老母亲真的老了，尤其是这几年。

眼神耳朵都不好了，院子里花开时，满是嘤嘤嗡嗡的蜜蜂。她看不清，也听不清，只是觉得花香就会有蜂来。腿脚不好了，在很平的地上，也是擦着走才安心。记性也不好了，经常忘放盐、丢钥匙、找手机、钱包放错地方，有时还把我们姐弟几个排行弄错。

我担心，哪天母亲会老得傻掉。

有一段时间，跟女儿因为她婚恋的事闹分歧，我心里梗着，说不出是酸味儿辣味儿，觉得女儿这是翅膀硬了啊，要不领我这老鸟的情了么？

那天，择着菜母亲说了一句，世上哪有跟孩儿记仇隔肚的娘啊。

的确。是的。

我八岁那年，有天晚上你带弟弟看病把我锁家里，我赌气把门玻璃都砸了，娘还记得不？

初中毕业，不满你包办我读中师，我跳着脚哭闹，痛斥你自私专制，娘还记得不？

出门探亲，你给我女儿穿了件旧外套，我一把扯下摔在床上，那年我都快三十了，娘还记得不？

我说这些，母亲只是笑。俺闺女有脾气才有活计有出息啊，不欺负亲娘欺负谁啊？孩儿长到八十在娘跟前不也是孩儿嘛。

母亲可以老，也可能傻，但她永远知道包容孩子的一切。

这，是不需要脑子记的，骨头里就有的。

四

前段时间,一个画家师弟创作了一幅画:刚收获的玉米棒子,籽实饱满,色泽鲜润,题目叫"大地的诚意"。盯着画,我思绪扯出去了很远。

木火土金水,"土"居于五行正中,且只有"土"能与天相应为"皇天后土"。土之大何在?何以伏惟土神,奉土为尊?

无意中,师弟那幅画题旨契合了我。千秋万代的母亲们,不是神仙,却无所不能包,无所不能容。她们带着宗教般的"诚意"来到世上,然后又回归大地,跟四季的草木一样。有这样一首无声大曲始终播放着,循环往复,往复循环。

于是,大地有了一个亘古通今的名字:母亲。

种桥

我们这群单桥痴，大暑那天集合起来去单桥了。

既然是单桥痴，我们去单桥就比串门儿、撸串儿还频繁。比如我，不知哪会儿，读书写字久了，伸个懒腰，猛然一个闪念就下楼开车奔往，跟叨扰一个毫不见外的长辈一样。再比如那个脑袋秃亮、整天脖子上吊个相机的摄影老兄，一个人每天磨磨转转地至少一趟。还有那个全国名师，教师培训讲堂讲遍大江南北的兄弟说，早上起来不去单桥转一圈，吃饭就跟少一空似的。更别说书写桥头碑文的那个大才文保所长了。

但是，像这样集合起来一起去单桥，却是不多的，况且又是大暑天，气温直逼 40° 啊。天的热气无形而可感地向内拢了来，我们的热情有迹而无意地向外喷开去。如果此时恰恰遇见一双神奇的眼睛，他一定能看得见一团比火还要炽烈的赤诚在单桥空间萦绕。

但在这个日子里，最炽最热的，数不上天气，也排不上我们，是匠心人孙姓大帅哥的心绪。

瘦高但健硕的身材，一件杏黄色印着"匠心"字样的 T 恤，孙帅头雁一样，一直在前面引着我们走，两条长的胳膊不时兴奋地舞动，如一对大翅，口里还不断地说着桥啊桥啊桥。要知道，这天是他单桥开发其中一个项目移植江南名桥两桥合龙的日子！

两座桥的名字分别是"善人桥""青云桥"，就在单桥河道向西几百米的地方。

河道向西，那是单桥的来路。当年，建桥的石头就是从太行山里一个叫盂县的地方运来的。我想，盂县，应该是一个非常暖意而又极具灵性的地方。不然，怎么它的石头种在单桥上长出的都是暖心的故事，而且四百年不衰？不然，那么多重达千斤的大石头，为什么从那远隔几百里地方运来，竟然可以不花一个铜钱，全都是义务捎脚儿？那份侠义，是今天志愿者的热忱的基因么？

恰巧，小桥架在这向西的地方，这是匠心人一份如玫瑰花一样涵着的心思么？顺着河道向东，单桥大拱拱顶螭头髭须昂扬着，是威武，更是无言的诉说吧。向西，两条秀气如带的水路，一路蜿蜒而去。

这两座桥，就一对翅膀一样落在两条水道上，一南一北呼应着。

桥，不大，跟单桥一样都是石桥。跟单桥相比，单桥宏大豪气，她俩温婉细腻。但她们年岁并不小，跟单桥一样，也都四百岁了，来自小桥流水的江南小镇。

这位匠心帅哥说，他特相信缘分。在江南游走，一眼遇到"善人桥"时，他就觉得非常眼热，认定她就是我们献县单桥失散姐妹。再走下去，他又遇到了青云桥。青云，太美的意境。单桥是卧波长虹的话，怎么能缺少了祥瑞的青云呢？

于是，她们就跟着匠心人的脚步，跨山越水，一路来到了燕赵大地献王故里。她们的到来，是匠心人的匠心么？一定是，又一定不全都是。孙帅说，他的人生底色是"善"，他最相信的一个字是"缘"。他是怀着善念行走世界的，他这个出生献县、新疆长大的北方汉子，遇到这石桥的时候，竟然读懂了桥细腻的目光，听到了桥砰砰的心跳，感受到了桥汩汩的脉搏。当他知道，小桥也已经四百岁的时候，他当即悟到了这不是巧合，是与生俱来的缘分，是四百年的等待。

他作了一条红线，牵起了大江南北这份动人的缘。

跟着桥们一起来的，还有江南的工匠。桥搬离故地的时候，石头一块一块编上号，一组一组地打捆。登车出发的时候，每一块石头都应该着了一层油油润润的苔藓衣吧，那该是江南母亲给她最后的祝福。车子启动的时候，还应该有锣鼓和小调，祈愿她们一路平安。

她们来了，从此在这里落地生根，仿佛这里是她们本来的家，本来的归宿。

就在大暑这天，桥合龙了，就如同归来的人终于稳稳地坐在了家的炕头上。天空蓝得透亮，白云白得彻底，这仿佛上天的作美，给她们织了一个巨美的穹顶。四周的柳绿得厚而且密实，有风走过时，就微微撩撩地动一下，那该是桥们的帷帐吧。蝉声波声似的传来，呼应着河道里的水，从今以后，这不同于江南细腻婉约的蝉声，是桥们的琴弦吧？或者，这蝉儿就是她们养在家里的宠物了吧，有了宠物的她们，永远不会寂寥的。

礼炮声起，吊车长长的臂膀，缓慢而又深情地把最后一块石板送到桥面上。江南工匠们拎起绳索，"嗨哟""嗨哟"忽然迸发出响亮的号子。号子声和礼炮声没有碰撞，直接拧成了一股绳子，向碧蓝的穹顶飘去……

江南工匠们摘下安全帽，摸一把汗水的时候，匠心孙帅急不可待地跨上青云桥，对着摄影来了一个POSE，满脸上都跳跃着兴奋，满眼里都是激越。

穿过一片白杨林，跟着头雁孙帅，我们一行登上了乐寿山。山，龟形，头东尾西，一意探水。在山顶，熟稔地方志的那位夫子，指点着单桥栏板上耿橘故里以及娘亲故里的方位；头脑秃亮的那位，不仅是摄影家，而且极具表演天分。此时，他在眉飞色舞绘声绘色地讲"耿家坑蛤蟆不叫"的故事。

我说，据我所知，刘备老家楼桑园村的蛤蟆不叫，那是出于对至敬之人的一种大敬大畏哦。

下山的时候，单桥痴尽人皆知的"三会"最小的那个，捡到了一个瓷片。大才文保所长拈过来侧着阳光看，说，它已经在这里种了几百年了。

忽然，"种"这个词语把我撞了一个趔趄。

瓷片种在土里，我们这群人把对文化的痴念种在土里，而匠心人，孙帅，他们一直在播种，栽种。他们是对接路过山西盂县运石头志愿者的侠义么？他们是在对接那位为修建单桥募集善款奔波千里的裴道的衣钵么？他们是对接为通达御路捐资一万个瓦罐号召全民每天捐一把米的冉公么？此刻，单桥南头栏板上密密麻麻的捐资者姓名，没有漫漶，滹沱河水流过了，就记住并且传扬了他们。

大暑这天，匠心人种下了两棵桥。

二十四节气中，是这样描述大暑的："一候腐虫萤，二候土润溽暑，三候大雨时行"。

大暑，是万物飞长的季节。等雨来了，匠心人种下的这"善人桥""青云桥"，就会欢欢实实地扎下根的。

离开时，孙帅向西甩了一下长的臂。原来，再往西还有一座桥将要种下，她的名字叫"莲心桥"。

小村诗韵

两条河，一南一北，淙淙流过。远望，像一双长臂，把小村揽入怀中；俯瞰，像两根轿杆，把小村深情地抬起。这两条河分别叫黑龙河、子牙河。

一个人，一袭青衫，跋山涉水一路走来。终于在某个晴日，在这里他安顿了下来。安顿下来的不只他的脚步，还有他的魂魄。这个人就是毛公。

江天寥廓，毛公何以偏偏留在这里？是看中了这里的风水？是《诗经》神旨的召唤？还是献王刘德人格魅力？看日华宫上紫光萦绕，听君子馆前车声辚辚，毛公知道，修学好古的献王，利民明德的献王，衣不自衣、食不自食与君子共享的献王，是个侯王，更是个诗人，是值得效忠的领导，更是心心相通的朋友。于是，他不避寒暑秉烛达旦，用一腔碧血去对接诗的河流。诗之河通达了，毛公选择了安卧。在献王陵寝两公里的东北方向，与老朋友日夜对视，静待诗的花开花落。他自己也变成了一条河。

就在毛公身后一箭之地，还有位贯公永住。贯公何许人？如果说毛公对接了《诗经》的河流，那么贯公就延续了《左传》的脉络。贯公这位与毛公一样的赵人，是什么时候怎么来到这里并停留下来？是与毛公挽手比肩，还是接踵而至？数问，毛公笑而不答。人们只知道，贯公和毛公一样，也把自己变成了一条河。

《诗经》和《左传》两条河，灌溉了华夏每一个文字，它们就是从这里流淌了开去。

这里，只是一个小村子，她叫小屯。献王的尧道和毛公们的诗心成就了这里，并非江南小镇，没有小桥流水，但这里依然诗情千载，一韵悠悠。

小屯明白，脚下这块土地太厚重，太神奇。两条河，让她享受着臂弯的温情，聆听着蒹葭苍苍的温暖故事；两条河，让她享受着公主的宠爱，颤悠悠，颤悠悠，这轿子一坐就是千年。献王如一轮明月，一直就那样挂着，他的温良俭让光耀了一代又一代人脚下的路。还有，不晓得哪个瞬间，无意间回眸，小屯就会与某个角落里的一簇目光相遇，那是大小的将或美丽的妃。留在这里，他们化作了群星，环拱着献王，璀璨了小屯的长空。

泱泱华夏，还有谁能拥有这份荣幸？这么小的村子，在地图上抵不上沧海一粟，却叼了历史这么巨大的光。小屯明白，这是荣幸，更是重托。挑着这副担子，小屯一路前行。她在长城堤上走过，她在双丽冢前走过，她在万春山下走过。云台山的浓阴里，她吸纳了灵睿之气，然后续写诗情。

翻开小屯这部泛黄的诗卷，却不见一个文学意义上的诗人。这，一点都不妨碍这块土地诗情四溢，正如献王刘德不写诗，也应该是诗人一样，他倾尽满腔深情，把"实事求是"演绎成最炫目的诗行。小屯只会农耕和经商，农耕必灌以两河之水，经商一定是顺流而下，绝不偏离方向。无论走到哪里，她一直都在书写最现实的诗文。

顺着两条河，走进今天的小屯。白胡子老人会热情地拉住你，讲很多藏在他胡子里的故事。这里的老人把墓冢一律叫作"山"。首先，他们会给你讲从山上借桌椅板凳的故事。百十年前，人家办喜事，只要写个条子，压在山顶，一夜之间就会如数给你摆出来，你只需用完送回。他们还会不无自豪地告诉你：村里有多少党员，俺们是全国的文明村；中央的电视《马本斋》《牛老汉和他的女儿们》都是在俺们村拍的，俺们都当群众演员了，跟朱琳、黑子、姚晨、王建国他们一块儿演戏；好多名角儿都来过俺们村表演过，郭冬临啊，魏积安啊，孙涛啊，还跟俺们照过相呢！还有当年大寨的铁姑娘郭凤莲都来俺们村参观了……

的确，顺着河走进来，小屯一律善纳，哪怕你是一个打工者。从川贵到辽吉，人们成群结队地来到这里做工，小屯把他们全当兄弟——人家给咱村添了人气，添了力气。小屯人也顺着河走出去，走到全国各地。毫不夸大地说，中国的各大城市都有小屯人的足迹，生意做大了，凭的只是口耳相传的秘诀：温、良、俭、让。

在老村，满是平房。前街刚扫过的扫帚印迹透着宁静，后街嬉戏的猫儿狗儿倏忽地来回窜。在新村楼区，推开南面的窗子可见远处众"山"掩映于绿野，推开北面的窗子，满耳里都是幸福院的老人们的笑语。幸福院里也的确盛满了幸福，整个院子由村子里一个孩子捐建，多个孩子赞助运营，老人是大家的老人，孩子是大家的孩子。这幸福院恰恰坐落在波光粼粼的黑龙河畔。

走出村子，万亩竹海，碧浪接天。一抹长堤下，四季暖阳里，是一大片墓群。有来自天南的、海北的，有为官的、打工的。墓地很便宜，小屯在以这种方式，把这份风水润泽和诗韵悠悠与大家分享。

雾里三清山

  如果没有了雾，三清山还是三清山么？
  关于三清山名字的由来，随行的三清媚女子小饼干笑着说，要想看清三清山，至少要来三次哦！身材竹一样瘦、声音泉一样响的导游说，山顶三座峰，玉京、玉虚、玉华特别像玉清、上清、太清三位神仙，玉京峰上有一个棋盘，太上老君跟各路大仙曾经在这里下棋呢！
  不用登山，三清山的名字就已经把你放到大片大片的雾里了。
  我们登山那天，空中飘着雨，蚕丝一样的，亮了眉睫，路恰到好处地潮润，并不湿滑。导游煽动地宣布，今天预报天气晴好，我们应该能非常幸运地看到女神，朋友们，加油！说是导游，其实她是当地宣传部派来的解说员。我们是应上饶三清女子文学研究会邀请的河北名人名企文学院成员，并非旅游团。所以，我们的兴味绝不在于简单走过之"旅"，更不在于随心看看之"游"。
  微濛濛的，说不清是雨里还是雾里，我们踏进了三清山的大石牌坊。索道口有摊位和几个农人摆着登山杖卖，一截竹竿的两元，木棍做成拄杖的五元。有过两次登泰山经验的我，自然地上前搭讪，准备多买几根，给同行的分分。小饼干安静地笑着，山不高，也不陡，逛着就上去了哦！

下了索道上山，我们真的是一路逛的。山路少有壁立的台阶，不需手脚并用攀爬。一座弥勒佛肚子一样圆圆的山，围了栏杆的栈道，转悠着就走过了。偶尔有一段台阶，升上去，不会太长一定有一个平台子让你喘息。抬头，雾淡淡地在前面迎着你；回头，雾又若即若离，心不在焉地跟着你。转过一个弯，忽然远处呈现了汪洋的雾海。峰，如海里的礁；松，像极了海里的草。风不大，雾海漾着，"礁石"以及"海草们"悄然地迷离着。穿了艳丽裙子的女子们，惊呼着展开更艳丽的丝巾拍照，影在雾海的背景里，她们也变成了一条条艳丽的鱼。

我想到了我的夜里登泰山了。也许是受了桐城派散文家姚鼐《登泰山记》的影响，我两次登山都选择了夜里，从中天门出发，为赶上日出。"极天云一线异色，须臾成五采。日上，正赤如丹，下有红光，动摇承之"，寥寥数语，下了蛊一样，百年来让数以千万计的人奔往。

登泰山的确是奔往。跟三清山正好相反，从中天门向上，大多是台阶，少有栈道。南天门附近一段，陡得出奇，会让已经筋疲力尽的你觉得，前面那人的脚就在自己的头顶。山路没有灯，偶尔有戴了头灯或持了手电筒的人，呼喊石阶上印刻的数字，某千某百了，算是奔往的号角。

拄着登山杖喘息的时候，抬头或回头，一个词激烈地敲打着我："流"。涧里，泉水琴声一样细流；天上，月光泉水一样静流；山道上，人们江里波涛一样涌流。偶尔擦肩而过的，有高鼻梁说洋话的洋人，袋鼠一样兜着婴儿的年轻夫妻，三步一叩首的求愿或还愿的祈者……所有的人凝成一股虽然在黑夜也能清晰感受到的气流——向上去，再向上。

之于泰山，三清山不是这样的，正如它们各自的主题演出一样。泰山的舞台上，从秦皇封禅到明清祭山，角色一律是皇帝，音乐一律是黄钟大吕。武后一统天下的背景尤其震撼，日月星辰乾坤，在旋转中变幻，似乎在演绎这位女皇霸气逼人的名号"曌"。三清山完全不同，从洪荒开蒙，到女神司春，都少不了一群孩童在跳啊跳，好几次还跳到观众中间。其间，只提到一位皇帝，似乎是明朝的，我没记住名字，不记住也罢，本来到了三清山，他就不再是皇帝了，他是逃到这里躲避兵难，且不知所踪了的。

山下一个假日酒店吃晚饭的时候，在大厅里曾遇到了一大群学生。至少一两百人，走起路来，腰肢身段像水边的柳。陪我们的宣传部郑部长说，那是一会儿参加舞蹈表演的孩子。我想到了山上的松树了。"生石罅，皆平顶"，泰山的石头和凌厉的风，让松树长成跟自己一个模样的骨头。三清山的松，除了远浸在雾海里像水草的，近处的，你随手一拍就会发现，很像剪纸，大概又是清清淡淡的雾做了幕布的缘故吧。

走到女神峰，我便再也没有往上走。女神不是舒婷诗里长江岸边的山头望夫的神女，让诗人挥帕拭泪的神女故事太悲戚。长发披肩，颔首而坐，女神背后是青山，面前是雾海，凝思欲语，或是茶余假寐。导游说，咱们真幸运，那么大的雾气一下子就散得无影无踪，女神这么清晰地露出芳容，一定是咱们中间有通神的文曲星。我不知道那个文曲星是不是我，大家拍完合影奔着三清顶峰去了，我留了下来。

雾气像重重的幔一样合上，就见不到女神一点影了。一会儿，那幔又卷起一角，给我一个女神的发髻或肩头，忽而幔子抽得只剩一层纱，影影绰绰的，如某道士给唐明皇示出杨贵妃的皮影。随性坐在亭下石凳上，身边是几株松，松后，是叫作巨蟒出山的峰，蟒真巨，但不匍匐，而是一柱冲天，从雾海里蹿出来。巨蟒就在女神对面，与之一静一动地对着，又一起掩映在雾海里。

女神和巨蟒周围都是山，它们都有好听的名字，仙人现指、仙姑晒鞋、葛洪炼丹、老庄论道、狸猫待鼠、蜗牛戏松……它们的名字我记住了些，面目统统掩在雾里。跟这些名字掩在雾里的还有从它们的骨肉里生出来的树，松啊柏啊杉啊的。我刀刻一样记住的一种叫高山杜鹃，栈道边满是，动辄已生千年。龙爪似的根紧抓了石，鏊了绿苔的茎或挺或伏着，都撑开伞一样的树冠。卵圆的叶涂了蜡似的亮，叶心枝顶，抱着嫩白婴儿一样的花苞。导游说，这花开需要十月怀胎，明年五六月来看吧，紫紫红红漫山都是，据说有的花早晨是紫的，中午是白的，晚上是红的……这跟人一样怀胎十月才绚丽的花儿们，还没有盛开，就已经在我的心头团起大片的雾了。

　　我猜测，对于杜鹃，怀胎的十个月里，雾是育着它的羊水，盛开的时日，雾又化作哺着它的乳吧？真猜不透，是杜鹃们跟着三清山一块儿把自己放在雾里，还是雾受了莫大的诱惑，甘愿把自己放进了三清山里，且一放就是亿万年。这雾里，有葛洪炼丹的热气么？有老子骑牛东来的紫气么？有庄周逍遥而游抟扶摇上九天的清气么？

　　三清山，是我大病一场与死神擦肩而过之后登的第一座山。我想，以后的日子多爬爬山。意志险些如泄气的球时，就去爬泰山，让千古摄人的士气充盈脚步；心被炙晒久了困顿了，就来三清山，在这雾气里让灵魂跟杜鹃花一起怀胎，绽放。

　　明年，我还来三清山，读这部用雾的文字写就的天书。

小洲岛，我的兄弟

从河北沧州出发，乘高铁南下来到上饶，我只知道跨越了好几个省份，不清楚究竟我走过了几千公里。双脚踏在小洲岛的沙滩上，温润的风儿告诉我，我的确来到了江南。

江南，对于一个地地道道北方长大的女子来说，绝不仅仅是一首婉约的歌，她应该是一个绣在绿纱窗上、被溢着桃粉色的微风拂着的梦。

小洲岛的沙真细，如带队的三清媚女子文学院小饼干的声音；小洲岛的沙真白，远远地，仿佛没在了天边的云里。据说，小洲岛是仙女遗落的一条白纱巾呢。心里想着，我努力勾勒起我们渤海滩来。沧州的海滩只顾得上"肥"，肥了螃蟹肥了鱼虾，忘记了白皙细嫩。远望去，黑乎乎的，像夏日久晒的农人脸膛。踩上去，黏你的鞋，像渔人好客的臂膊。再往北，北戴河沙滩宜人。我曾懒懒地偎在沙里，让饱晒了盛夏阳光的沙，煨干我海水打湿的裙裤。可那沙是金色的，阳光下闪你的眼；那沙是粗砺的，赤脚走着，会悄悄地硌你的大小脚趾，搔你敏感的脚心。

倒是江南，沙也是温婉的。无端地，由细软银白的沙，我想到了苏州评弹的曲调以及操琴女子的绸衣。脱掉鞋袜，我走向这一派白沙。中医学上说，人脚底穴位是对应着全身乃至五脏六腑的。既然如此，我的脚应该懂得我的温热和视听的吧，我想用脚谛听这小洲岛的脉搏。

沙，柔指般触了我的趾，握了我的踝，的的确确有一种被轻柔的纱巾包裹的感觉。走着走着，居然我发现了马兰鱼草，我家乡曾经遍地都是的草！叶儿，尖尖细细。蔓子，紫红紫红，四散铺开去，一节一扎根。根们，尽可能地向下、向四周扎去。我知道，这是一种在贫瘠的土地上才生长的草。

距离这小洲岛几千公里的北方，有一块方圆几十公里历史上的钦定泛区，那里就是我的家乡。在一脉长堤上望去，四十八个村子，棋子一样散在滹沱河边。在乡人眼里，滹沱河水像巨狮一样，不知道什么时候，也许一觉儿醒来，它就发飙了。它把棋子一样的村子，三下五去二地掀翻，搅乱。河水，一片汪洋；大堤，长城一样护卫着京师。待水退去，沤了的土地，又碱又咸，不长五谷，遍地马兰鱼草。曾经，苦难的乡人们，踏着马兰鱼草那尖得如刺的叶，硬得似骨的梗，走出家门逃荒讨饭。

手里拈着马兰鱼草，耳朵里听得三清媚小饼干的介绍。原来，诗意的小洲岛曾经也如我的家乡一样苦难。一条叫作信江的水流过，鄱阳湖是它的入口。东流的江水，唯独在这小洲岛一带，逆流而西。于此，信江就如一匹由缰信马，率性而为。小洲岛，水来了淹，水退了碱。缓了一下，她用唱歌一样的声调说，如今，小洲岛居民都迁走了，这里成了旅游胜地。

顺着小饼干的指向，我看到的是，白沙围着红岸，红岸围着绿林。小饼干还告诉我们，深深的绿林，掩着金黄的稻田；稻田不远处有座红色木屋，那将成为咱们三清媚女子文学院创作基地。那一刹那，我想到了安徒生的七彩童话。

一条龙一样随势起伏的路，引领着我们穿过白沙、红岸，走向绿林。

随手，我摘下一穗粉色的花，问小饼干。她说，这花的名字叫蓼。我告诉她，我们家乡四十八村也有，叫水蓬花，只是长得高大。我用手在头顶比划着，小饼干笑了，也抬起手在自己头上比划："就像你我的个头儿？"

"我家乡也有一个跟小洲岛一样的地方，长马兰鱼草，长水蓬花。不远的将来，那里也跟小洲岛一样华丽转身，变成华北最大的湿地公园！"爆豆子一般，我把这拥挤在心门子上的话，说与小饼干和身边小洲岛的乡亲。

站在红色木屋前，我们举行了三清媚女子文学院创作基地揭牌仪式。小洲岛的父母官与河北名人名企文学院院长，一同揭下系着大红花的绸布。鎏金的牌子灿灿地，对着我们眨眼睛。屋前的广场上，身着彩裙的女子们载歌载舞。

凝目，侧耳，我已然模糊了自己置身何处。小洲岛与四十八村，恍惚间，那驮我而来的几千公里铁路，幻化成一条丝带，轻盈地牵连了彼此；那巨梭一样穿行的高铁，分明是费长房手里那条缩地神鞭：且听，嗖——，江南的小洲岛和北方的四十八村，骤然重合在一起。

我庆幸，千里江南，逢了小洲岛，我的兄弟。我庆幸，千里江南，拥有了三清媚女子文学院，我们心灵的家园。

从此，江南，对于我这个地地道道的北方女子来说，不再是绣在绿纱窗上的梦。

枸杞红了的时候，你没忘记过我

"老太太，宁夏枸杞下来了，寄去一箱。注意休息，保重身体！"随着你的微信留言，一大箱十几公斤枸杞，又到了。中宁枸杞，色红，肉厚，味鲜，不用拆箱，我熟悉。

十几年了，自你毕业在宁夏发展，就没有落下过，年年寄我。我曾说，用不了这么多，三两斤足够吃一年的。你坚持说，给办公室老师们分分吧，上学的时候，我让好多老师操过心呢。

带着比收到稿费和获奖证书还满足的愉悦，我打开了箱子。今年又多了两大盒子黑枸杞，几大袋桂圆、红枣、葡萄干、冰糖等组合一起独立包装的八宝盖碗茶。

"枸杞收到，别太拼昂，小子！"微信简单地回了你，没有感谢的字眼，这就是我们的交流方式。之后，我就坐在箱子旁想你。

不知道是不是很怪，在我眼里，你永远是孩子。当初教你的时候，你是；现在你已经是三个孩子的父亲了，仍然是。尽管在咱老家商界，不敢夸口精英，你也称得上成熟干练。但我就不喜欢叫你名字，就跟你叫"小子"。你上大学那年，我想过，你十八岁成人了，名姓合起来称呼郑重些。想想而已，终没能改。你结婚了，带了媳妇见我。我说，成家立业了，以后叫你名字吧。你说，别，那样别扭。直到你有了孩子，一个，两个，三个，孩子们喊我奶奶，我还是固执地喊你"小子"。当然，除了正式场合，你总喊我老太太，一喊就十几年，尽管教你的时候，我才三十出头。

小子，你是个心思非常细腻的孩子。不懂你的人，都觉得你是个粗人，看上去你那么风风火火，那么豪爽地大口吃肉，大杯拼酒。上学时，教师节、母亲节，你总趁我不在，在我办公桌上放一束花和一张纸条。花，很鲜艳；字条，不署名。可我认识你那破字儿，歪歪扭扭的。我感冒咳嗽或者疲惫了，我的抽屉里常常被放了药物或零食。仍然是有祝福，没名字。我知道是你，虽然我从来没有跟你说穿过。

掐指算算，其实，我只教了你一年，高二学校重新分班，你去了隔壁。高三那年，我带理科班，在一楼上课。你读文科，在三楼。偶然，我班一个学生告诉我，几乎在我每天下课，经过连廊下面时，总有一个男生站在廊上注视我。我狐疑地抬头，望见了你迅速转身的背影。虽然校服是统一的，但我肯定是你，不正面表达，向来是你独特方式。

刚上高一住校，你想家，给家里电话。听到妈妈的声音，你心里兴奋，嘴里却调侃，我是你儿子同学，他在家吗？当听到妈妈说，儿子去上学了，过几天就放假了时，你挂断了电话。转身离开电话亭，揣着兜儿，仰着脸儿，哼着曲儿，却已是满脸泪水。这是你的一篇随笔，这么多年，我一直记着。

高考结束那个暑假，我每次骑车出门，路过一个驾校练车场，总觉得有眼睛向我这方向看。终于有一天，我停下车，看清了是你。摆手招呼过来，站在我面前，你不敢抬头看我，说，没考好，给老太太丢脸了，不好意思见你。啥叫丢脸？我从来没有把考高分当作长脸的筹码啊，小子，我始终坚信你是条汉子！我大声地告诉了你。等过年我去给你拜年行么？你问。当然，我说。过年时候，你来了，话语不多，进门就磕头，我拼尽全力拉不住。你说，这头，必须磕！你不知道，你这一个头磕下去，把我磕了一脸泪啊，小子！泪，热热地从脸上，一直淌到我心里了。

小子，我哪有那么好啊？我是个脾气火爆的人，对你尤其严厉。高一新生报到看到你的第一眼，我就气不打一处来。长发，中分过耳；袒腹，挂一个大骷髅；肥裤，比扫帚还宽，扫着地。就在军训的队伍中，个子不高的我，踮起脚，拎你的头发，握着拳头，敲你的胖肚子，斥责你改正。第二天，骷髅摘了，头发剪了，但没有达到我的要求。阴沉着脸，我抛出了两个比石头子儿还硬的字：再剪！

我那么让你难堪，难道你一点也不恨我？

一天晚修结束，你怯怯地找到我，想跟我说几句话，我故意把脸绷得像一块木板。那天你非常诚恳地吐槽了自己。爹在村里是支部书记，上小学，老师像王子似的哄着你，你就是一条鱼，怎么游都没障碍。初中，你交了许多哥们，聚众打架，逃学上网，县城大街小巷到处乱窜，没人敢惹，包括老师，你就是一条臭鱼，腥了一锅汤。你还说，长这么大，我是第一个跟你说"不"的人。那一刻，其实我心里已经热热的了，但说出的话冒的冷气，足可以把人冲一溜跟头。你敢再当臭鱼，给我惹一点儿事，看我不剁了你！

我那么恶狠狠地喷你，难道你就一点也不恨我？

期中考试，考完最后一科，同宿舍跑来告诉我，你把自己反锁在屋里发疯乱砸。我旋风一般冲到你宿舍，照门就是一脚。打开门，你把同学拦在外面，转又反锁。我见你双手握拳，皮肉多处破绽，渗着血，不停地敲面前的破桌子，浑身在强烈地抑制中抖着。故作镇静，我吼道，有屁事？说！深深地吐出几口气，你说，我今天没做臭鱼，没给你惹事，哥们在外面约架，我没去！把你的伤手，托在我手里，我心里疼得凝成

083

了绳子，嘴里的话一点也没放软，记住就行了，听说你有酒瘾，能喝斤儿八儿的，你胆敢在学校喝酒闹事，我还要剁了你，想喝，放假去我家，管够！

那天，你心里燃着火，我却冰霜以待，你居然一点也没恨我。

放了假，你真的去我家了，带着你几个要好的同学。我下厨炒菜，提溜出酒。我不喝酒，也不懂酒。你说，菜真好吃，酒真好喝，老太太真够意思！孩子啊，你是一个太懂得心怀感激的人！你口口声声说自己是一个坏孩子，其实，你只是用一张冰冷粗粝的壳子包裹了自己，刺棱棱地对着这个世界。内心里，你火一样地对待朋友、亲人，以及一切与你擦肩而过的缘分。

那天，我郑重地告诉你，你是一个好孩子，你绝不是一条臭鱼！

前些天打车，无意间听出租车司机聊天说，最看不起老师，小气，计较，穷酸，瞅着就闷得慌。把这些跟办公室同事说了，很多人有同感。在小县城里，莫说开出租的，就是摆摊卖菜收破烂的，也少有看得起老师的。我想到，三十年，我已经活成了笼子里的鸟吧，把自己的思维目光局限得狭促了吧，混了半辈子，竟如此浑然不觉。网上不断传来的詈师、殴师、弑师事件，如一顿顿闷棍，不断地警醒着我的神经。莫非老师要沦落为欲与蚂蚁同归于尽，且没有资格的人？

孩子，这么多年，你走南闯北，阅尽世事，咋就没淡了那微末如尘的温情呢？纵是热茶，人走茶凉。这份情，咋就在你心里保温这十几年呢？更何况，面对纷杂世界，那份因为正直率真而显得稚嫩苍白的情，既无助于你人情世故、商场驰骋，也为你换不得金钱实惠、人前风光啊，咋这么多年，你就一如既往念着呢？

知道么，小子？今天，守着这箱枸杞，我足足坐了俩小时。这箱枸杞，和之前的十几箱，在我的脑里，渐渐连为一座城，它给我筑就的不是童话，是前行的信心。

今天，我破例，很想对你说，感谢有你，小子！

明天，老太太就把这枸杞带到学校分享，把你的故事讲给老师们听。告诉他们，枸杞红了的时候，你没忘记过我。色红，肉厚，味鲜的枸杞，泡在杯子里，办公室里一定会氤氲弥漫了你的情意。

老师，老鸟，老农

　　这只是朋友圈里一幅普通的照片。

　　一方旗台，一根旗杆，旗杆底下，旗台上面，两个坐待的人。红的旗台，一黑一灰两个背影，面对着一扇电动伸缩门。

　　他们身后是粉色教学楼、宿舍楼、办公楼、餐厅，左右是绿色树林、草坪，鲜妍的花坛……

　　他们是一所省示范性高中校长，习惯性地坐在这里。多年来，这个学校的校长，已经在这里坐成了一个符号。

　　看到照片是上午十点一刻，如果照片是即传的，那么此时，他们背后那粉色教学楼里，刚开始第四节课。高三三千多孩子，在四十多个课堂里，由老师引领着，在数理化王国、语文英语世界，海一样浩瀚知识里遨游。

　　如果没有其它需要，他俩会再坐下去，再过一个多小时，就到下班时间了。信息时代，许多单位上下班刷脸。但在这里，电脑刷脸之外，人们还要天天接受校长刷脸。微笑着，看老师们走出那扇伸缩门。老师们的车牌号、电动自行车颜色,他们都烂熟于心。

上班时间,他们的身影就是签到时钟。至少提前十分钟,他们在旗台底下等候着。"早啊早啊",话语富于磁性,温温软软地,从老师们抬脚踏进学校路上,一直铺到心里。这份吸引,已然胜过了电脑死板的记录和硌得人生疼的约束。

晚自习,除了寒冬风雪天气,他们就坐在这里。教学楼里的灯光,从各窗口里泼洒出来,水一样润了旗台。他们怡然坐着,商讨明天的工作,或者静心地坐着,听一切响声。他们耳朵里,一定是几千学生笔落纸上,唰唰唰的,跟勃发的春蚕食着鲜嫩桑叶一样。

偶尔,会有仨一群俩一伙小孩子跑过,他们是上晚自习老师的孩子,没人看管,放养在校园里的。摆摆手,招呼过来,或跟教导士兵似的让他们站成一行,出脑筋急转弯儿;或伸手揽过,坐到旗台上,跟他们猜谜语……

孩子们熟悉校长爷爷,校长爷爷当然都认得他们。在校长这里,孩子们也是分组的,语文组的,英语组的,数学组的……要是恰巧孩子父母都是学校老师,又不是同一个组,孩子会忽闪着大眼睛,考问校长,"爷爷,你说我到底是哪个组的?"

早操,五点半体育老师打开音乐之前,校长们就在旗台上候着了。体育老师口令浑厚响亮,撞击在楼宇间、校园上空,像一股无形力量,注入孩子们体内。

让孩子们同样激越的是校长们的目光。学生们知道,每天陪着他们晨练的校长,眼神搜索力太强了:几千人的队伍拉出来,哪个步子慵懒,没有人能逃出校长眼神警示。一年四季,三年一千多个日日夜夜,他们跟活雕塑似的,从来都是这样的神采。

曾经他们青春芳华,玉树临风;如今已是两鬓俱苍,步迟背驼。寒来暑往,日出日落,一个校园,一方旗台,浓缩了他们大半生的守候。

他们像极了老鸟，守着一大群孩子，眼神里是等待孩子们高飞的痴念；他们像极了老农，守着自耕的土地，眼神里是等待土地上收获的痴念。我想到了电视新闻里一个镜头，一位老区老红军老党员，用整整一生，痴守着一份领导嘱托——百岁老人脸上土沟老壑似的皱纹里，蓄满的就是这样的痴念。

无须考证这两位校长名姓，因为他们不仅仅是他们，他们是千千万万老师的影像。在校园这方田地上，他们把诚挚的眼神撒播在每一个角落，用汗水浇灌，让信念开花。

再次解读这幅照片，深灰地砖格子上，红色旗台，一，二，三，三个台阶上，两个背已微驼的身影，黑灰的颜色，不招惹谁的眼神，却触动了你我的心弦。

照片上，没有显示天，但天一定很亮；也没有拍到旗子，但旗子一定很红。天晴得透，空气润得爽，远处应该有蝉鸣不断传来。

第三辑 土附鱼

问草

"立秋十八日，寸草结籽粒"，就在这个时候，我走进了你们的天地。

这是一个极其宁静的午后，这里是曾经的万亩油菜花海。天，蓝得爽，站得远。地，绿得满，铺得阔。天和地、蓝和绿中间，蝉声溪水似的流，不急不缓。

坐在你们中间，我首先疑惑，这田野咋这么静？不用回答，我忽而就明白了，机械时代了，不花不果的季节，不种不收的日子，农人们极少到地里来的。此刻，我这个曾经的农娃兀坐在田里，真的农人应该吹着穿堂风，在宽敞的门洞里，捧着大茶杯聊天，或者支个麻将桌悠悠地搓吧？

如果退到四十年前，这个时间段，他们一定在田里。集体劳作的间隙里，忙不迭薅一抱草，摁到筐里，准备回家喂猪羊，然后，抹一把脸上混着泥土草屑的汗，回到劳作的队伍。

很想问，草们，还记得四十年前的事情么？那时候，"打草"一条线一样，穿起了农人们的四季。

春天，不管毛毛雨飞不飞，草们都一个接一个地醒了。树行子、沟沿上，先是苦菜们，后是芦草们，星星点点地冒头了。农人们从墙上的土坯缝里，摘下睡了一冬的镰刀，蘸水在石头上磨亮，提上筐篮下洼。苦菜们，择好的人吃。芦草们，倒给圈里的猪，树下的羊。

夏天，雨水多了，草也茂了。那些年雨真多，下得大小的沟、远近的坑、村外的河，总是漾漾地，打饱嗝儿；地里的土井，水皮子浅得都可以摘片荷叶舀水喝。雨催得草飞长，家家大人孩子，早起一筐，中午一筐，傍晚又一筐，一筐一筐地往家里背，洼里的草打不完，跟河里的水似的。要是碰上离家远，几天没人去过的沟坎，一下子就打一大筐，冒尖竖流的。

秋天的草水分少了，出数，人们最喜欢。尤其深的豆地、高粱玉米棵子底下长长的蔓草，谷地里的菰草，水沟附近的稗草。蔓草，紫梗、细叶、甩着穗子，扑扑啦啦地爬满庄稼颗子给留的空间，一棵就一大把。菰草、稗草不爬蔓，蹲个儿。菰草穗子像狗尾巴，稗草的像小手掌。筐满了，把蔓草们装在筐顶，厦出来。背着筐走在路上，草高过头，草穗子招摇，人也威风。

冬天打草不用镰刀，用耙子，细齿铁耙子最好用。没有雨只有风的冬天，白的草被硬的风折了腰。沟坡上，亮地里，看上去光光的，没有草可打，但耐心地下了耙子，一下，一下。毛毛、细细、短短、软软的草，卷到耙子齿上，耙子成了一领席子，撸到筐里，再搂。

今天，曾经打草的人们不再，旷的田里，只有我一个人，跟你们促膝，比肩。四十年，我那水一样润的发变成秋后的草，而你们在打草的人们走了之后，长成了如我一样的高。蔓草、菰草、稗草，甚至曾经贴着地皮的芦草、墩子草、牛筋草，也都踮着脚向上蹿。孕籽的穗，没有风吹过，也像各色的旗。蔓草的叉、菰草的尾、稗草的掌、芦草的缨、墩草的棒槌、牛筋草的戟……跟你们对视，忽然觉得想说给你们和想问你们的太多太多。

你们知道么，打草出身的我，见到草，手就痒，特别是头发渐变成草的这几年。出门散步，街角公园待修的草坪里，撞见张扬着蔓草们，我就想伸手拔来。开车回家，堤坡、路边，城墙一样茂实的茅草菰草蒿子灰菜，常常激起我提刀背筐的欲望。多少次，我脑子里勾画这样的画面：锃亮的镰刀一挥，嚓嚓嚓地剡，不是割，也不是砍。眨眼，就剡倒一大片，用刀头一搂，抱在怀里，装到筐里……或者，牵只小羊，钉在草丛，白的羊儿半隐在绿的草里……

我想知道，打草人们的背影，逐渐消失在村头路口的时候，你们是释然还是寂寥呢？在你们眼里，我们这些打草的人，是京剧脸谱中的红蓝还是黑白？对于那无尽被剡刈的日子，你们是无奈还是怀念？

捋一把穗子，扎成束，端详。处暑刚过，草籽乍结，还没有睁眼，青青的，萌萌的。过了白露秋分寒露，籽们会跳，会飞，满世界都是的。我想到了姥姥跟草籽的过往了。姥姥在娘肚子里的时候，六十年一遭的大旱，碌碡不翻身，颗粒不收。人们扫草籽吃，说男人一脚踩到三颗草籽的地方就是宝地。姥姥总说，她活命就是草的功劳。草，活了姥姥们的命，接着成了母亲们的财富标志。到秋后，母亲们比草垛，谁家草垛大，谁家就过日子心里有底。一夏，一秋，一筐一筐背回来的草，晒得干干的，一叉一叉垛起来，看着乐，闻着香。

不再被剡刈收集待命，成为农人生命支撑的草们，现在，你成了自己生命的生命。任性地在沟壑、林下、路旁、田边展着腰身臂膊。这是生命与生命磨合中的重组和解么？

浅秋的午后，我一个人坐在大洼田边，想这个别人觉得简单，而我感到深奥的命题。一遍一遍，我用心问身边的草们。

草不仅高得如我，而且密得插不进脚。几棵蒿子高过了我的头顶，一片西洋姜顽强地挤着，高过草们，占了一块阵地。野生的北瓜蔓子，不知道从哪个沟垄爬来，一路缠绕着打压着草们，顺着电杆儿的拉线上去，一串儿结了几个瓜，大小黄绿地垂着。透过玉米田垄，我看到，当初除草剂没扫到的地界，草们成了一条地龙，蜿蜒到地的那头儿。

除了树上的蝉声，还有草里的虫声。细哨儿一样，从八方散出来，星星一样，缀在这四野。我知道，某个草窝里会有蝈蝈蚂蚱，蝈蝈高兴了会叫，蚂蚱高兴了会飞。我特喜欢一种叫大呆儿的虫，长的身子，尖的头，穿绿色或土色的衣。有经验的打草人都知道，要是发现一只大呆儿，就在周围草窝里找，基本上就是一窝，因为这虫太呆，从出壳到偎籽，基本不挪窝。

其实，我脚下这块地，两道大堤之间足足有四五里地宽的地，是给洪水留的路。最近一次洪水走过是二十二年前，那年女儿三岁。站在长桥上看到满眼都是水，女儿问，这水里都有什么啊？我说，鱼虾，玉米高粱豆子谷子，草，还有虫子。

今天，我就坐在洪水没过的地方。此刻没了我的不是洪水，是草、庄稼、虫声，跟那没有边沿的宁静吗？把这些拿来问草，它们只在一丝儿风里晃。

吃草

　　一脚踏进五十岁门槛时，我忽然悟出一个道理，我们这代以及前人是吃草的。

　　小时候，我们觉得冬天太长，像大洼看不见的地头儿；春天来得太慢，跟队里的老牛似的脚步。早晨从被窝里爬出来，第一件事是趴在窗玻璃前看冰花，冰花里的草木变薄，变成"汗"，消失，地里的草木就要长了。往往等不及"汗"消失，踩着冬天的尾巴，我们就出发了。三五个伙伴，把用瓦片打磨得锃亮的铁锨，拉得山响，像战马的嘶鸣，向世界宣布着出征。

　　沟沿上的茅草，在等我们，冲我们招手。手心里啐两下唾沫，铆足劲一锨下去，零星的冰碴里露出白茅根来。茅根憋了一冬，肥得发亮，甜得似糖，比大联社油亮乌黑的水泥柜台里卖的花花绿绿的糖块不差，我们叫它"甜棒根"。大孩子挖，小孩子拣，大孩子头上汗水满了，小孩子手里的甜棒根也满了。铁锨一扔，找个背风儿向阳儿的坡儿团坐，我们就开吃了。沾满土的小手，捋捋沾满土的茅根。茅根皮跟奶奶绸子袄一样软，跟知了翅膀一样薄，混着土噗噗地落。来得及落下的，落在我们布袄布裤布鞋上，来不及落下的，就被我们跟茅根一块填到嘴里，沾到嘴脸鼻子上。

要是一起下洼的有个小姐姐，吃这环节要讲究些。小姐姐一根一根地捋了，码齐，像娘纳鞋底的绳子。然后绕坡翻沟，找个水坑洗。等她回来，白亮的茅根，躺在她冻得通红的小手里，冒着清凉，透着甜意，伙伴们雀子般地欢。

除了茅根，我们还挖苇根。跟苇根比，茅根太袖珍迷你。苇根扎得深，塘泥比沟土粘，夹锨。常常挖不了一会，操锨的主将扣子就解开了。待到紫泥里白苇根露出一截儿，大的小的齐动手，拽出鞭子似的一根。吃起来，苇根不如茅根，肉粗，不甜，有股闹醒味儿。挖芦根，是大人们的指派，弟弟妹妹春咳了，生疹子了，挖来熬水喝。

几阵暖风吹过，茅草和芦苇稍稍活泛了筋骨，还没冒绿头儿，沟沿、枣树行、闲地里，苦菜、苣苣菜、阳沟瓦儿菜、青青菜们，线儿牵着似的，就来了。苦菜最早，但很快就蹿茥开花。苣苣菜跟阳沟瓦儿喜欢偏碱的地。苣苣菜紫根的好吃，有甜香味儿。阳沟瓦儿叶跟房上的瓦似的，细长厚敦，中间一溜沟。比起它仨，青青菜颜值要高，叶子不灰，青绿，宽大，只是一圈刺。

孩子们挑菜多，吃菜少。家里吃菜也有意思，姥姥就比爹娘喜欢，而我们在诱导下，才饱蘸了香香的毛酱，吃几棵。当时，只觉得苦菜、苣苣菜苦，阳沟瓦儿淡，青青菜扎嘴。可姥姥说，不苦，香呢；不扎嘴，甜呢。

夏天是吃草最好的季节，我们跟马牛驴羊猪鹅狗一起吃草。

马牛耩地拉车的间隙，隔着铁笼嘴，惶急地啃一口半口，卸了套才能理直气壮地吃。垄间嫩菜和路边老草，它们不挑剔。头晃着，嚼瑟，沉醉。猪吃草是在圈里等着。晌午、傍晚，我们从地里回来，大门一响，猪就扒着圈哼哼。一抱长蔓子谷莛子扔进去，猪就撒着欢地嚼。

尾巴似的跟着我上洼的是羊和狗，偶尔姥姥会带着她的鹅。脖子下俩肉垂儿的小羊很乖，铁橛子定在地里，自己不急不慢地啃。姥姥的鹅是一只灰色雁鹅，很灵性。一路上我追它飞，到了地里，长脖子张扬着，像检阅招幸的王。逢到嫩草，硬嘴巴拧着软叶，挑起，调情般甩几下，才咽。狗吃草比鹅智慧。旱地的芦草们，枯灰的，趴在地上，狗懒得理。水肥足实的坑沿，水稗子紫梗绿叶，举着穗子，水灵得怪。大黄狗灵巧地跳过去，挑拣着吃。姥姥说，狗通天性，一吃草，天就要下雨了。

作为众物之帅，我主要是砍草。累了，坐在地头，看它们吃，看馋了，我也吃。蔓子草跟甜棒根一样，一节一节的，折了嚼，不甜不苦。水稗子和谷莛子，穗子掭下，莛根嫩甜。老牛颗，花像紫红的长柄喇叭，揪下来，花根比茅根还甜。不过，有时粗心会被窝在花里的蜜蜂蛰了手嘴。甜的吃腻了，就吃酸的。嘟噜酸，模样跟青青菜差不多，叶没刺有黑点点儿，跟邻居爷爷脸上的黑胎记似的。连梗带叶嚼一气，比在打醋路上偷喝醋还爽。

砍草误伤了手脚是常有的，找两种草嚼了，捂上，搞定。青青菜，夏天棵大叶肥，半棵就够。伤口流着血，顾不上扎嘴，嚼成糊糊按上，分分钟血止住。血化稠，叶子形如桑，大似枣，单薄细软。两种比起来，青青菜真如姥姥们说的，香甜。止了血，嘴里的草汁咽下，姥姥说，补血。

太阳快落地儿了，草筐砍满了，我的兵卒肚子也满了，我们就回家。筐沉，勒膀子，脱了鞋，垫上。跟马牛羊狗鹅一样，我也光着脚板儿，呱唧呱唧，走在被胶皮马车和耙光子磨得硬亮的土路上。

吃草的岁月里，最喜欢听姥姥讲吃草的故事。姥姥生人那年是民国九年，六十年一遭的大旱，碌碡不翻身，没粮食吃，她的娘吃草，草籽、草叶、草根，活了命，生了她。姥姥说，她就是草变的，草就是她的命。

可姥姥觉得，草命挺好，命贱，命刚，好活。她24岁守寡，带着大舅二舅大姨跟娘，要饭讨生，四个孩子都成了人，成了家。

这故事讲着讲着，姥姥就去了长满草的坟墓。烧纸的日子，我不哭，看着草疯长，我不觉得荒凉，觉得姥姥又变回了草，变回了自己。

前几年，去版纳原始森林，导游阿黑哥虔诚地告诉我，要善待每一棵树每一棵草，他们相信，一棵草木就是一颗祖先的魂灵。

我想，曾经草以让人吃的方式，拯救人的生命，比如姥姥；后来，草又以这种方式，渗入人的血液，比如我们。以后，要是"吃草"不再，人和草，会成了不相干的生命么？

上周开车回家，见堤上的白草没膝深，有所待似的北风里摇着。

今天，在知天命的年纪，我像老牛一样，卧在岁月的门槛，把吃过的草反刍一番，这是天在命我解读生命的密码么？

仰望献王陵

多次外出说起家乡献县，朋友们总是一脸茫然。我便解释，献县是以献王刘德的谥号"献"命名的。人家还是茫然，我继续佐证，刘德是汉景帝的儿子，汉武帝的哥哥，那个历史课本上，在坟墓里穿金缕玉衣的中山靖王刘胜的哥哥。至此，我才交待清了我的出处。以景、武两帝作参照无可厚非，竟然奢靡无度的刘胜名气也远远超过了我们献王。

献王不会搞政治，也不会烧钱，一辈子就做了一件事，把秦皇烧剩下的书典搜集起来，传承下去。秦始皇烧书跟刘胜烧钱不是一回事，他不是想不过日子，是想把日子过得更长久。然而，这烧书比烧钱更败家，他差点烧断了华夏的文脉。

武帝曾招选文士"待以不次之位"，司马相如、东方朔、枚皋、终军"并在左右"，好不威风！然"以俳优畜之，虽数赏赐，终不任以事"。更有甚者，"或有小犯，辄按诛之，虽素所爱信者"。刘德这位兄弟是皇家版的叶公，如他的谥号"武"，论武尚可，兴文没有任何指望。

献王搜集书，没有传檄，不是敕谕，自然就没有足够的金子。没有金子的献王，却有比金子更宝贵的资源——人。毛公，一路风尘，从赵国赶来，额头的沁汗还没有擦干，就投入到了《诗三百》的训诂。贯公来了，车轮吱吱嘎嘎，昼夜不停，像奔赴一场心灵的召唤。那九河之间，《左传》和刘德早已望眼欲穿。远远近近大大小小的文士来了，披星戴月走出去，经春历夏走回来，远到山东，近到乡野，他们把人家不论是压在箱底，还是藏在坯墙夹壁的书搜集来。昏黄的油灯下，连夜誊写，之后陪上一捧金子和万般的笑脸，把原稿留下。

无数金色的夕阳里，青衫负着黄卷，奔走在寥廓霜天，拉长的影子像极了磁性又幽怨的箫声。也许，献王本来就是上天派来吹箫的仙人，不然何以引来了那么多五彩的凤，完成了功未在当朝，利却在华夏的千秋伟业？他多像一位神医，搭通了文化的血脉，挽救了民族诗史的生命。真的想仰天长号："天赐刘德，天不亡我！"

然而，"修学好古，温良俭让"的献王，"夫惟大雅，卓尔不群"的献王，"不喜浮辩而好正道，知之明而信之笃"的献王，却让汉武帝不安了。秋日，长安，天不朗，气不清。大殿里，泛着阵阵看不见摸得着的阴风，一如武帝的脸："汤以七十里，文王百里，王其勉之？"——他把正儿八经过日子的献王，假想成了觊觎他皇位的敌人！

失魂落魄的献王回到了自己的九河之间，他用脚步丈量每一寸土地，他用目光询问每一条河流。朔风起，寒侵骨，他觉得自己就像脚边那片飘零的叶。酒里并没有诗书，他却闭上眼睛，把自己一头跌进去，像屈原举身汨罗。哥哥走了，武帝很真实地抹了一把泪水，很动情地赐号"献"，聪明睿智之意。

献王陵不高，平顶，没有植松种柏，没有王的霸气，正像生着的献王。陵上杏树为主，是在呼应日华宫的杏林，还是还原孔子的杏坛？春花，夏果，秋叶，冬雪，漫步在献王陵，没有丝毫的森然感，倒仿佛是在自家后院溜达。或低头沉思，或矫首遐观，无须陶醉，只有坦然。

从某种程度上说,献王给了中华民族一个文化后院。前院光鲜,是给人看的,只有后院才存放货真价实的家底。武帝承认这一点,武帝以后的皇帝们都认可这一点,只是他们似乎只接受了人家创下的家业,却冷落了主人。他们从一张没有密码的银行金卡里,理所应当地提现,却很少想到那个开户的人。献王时代的九条河流逐渐干涸了,这张金卡却像传说中的不老之泉,越发丰盈。

宋朝诗人政治家王安石,北行路过河间故国,隔着千年和一抔黄土,他默默与先贤倾诉:"北行出河间,千岁想贤王。胡麻生蓬中,诘曲终自伤。好德尚如此,恃材宜见戕……"语毕,诗人的两行泪砸进了千年和黄土,历史听到了献王的寂寞。

公元2013年,紫气东萦,献县政府重修了献王陵,献王不再寂寞。没有像滕子京重修岳阳楼一样雕刻前诗今赋,清了荒草荆棘,植些花花木木,树立了高高的六经柱,让十几米高的铜塑在墓前安坐。献王欠身,领首,眉宇间溢着温善。他不像侯王,就像自家的前辈。人们仰视,感觉到了他的高大,却没有任何压迫感。本来,文化就是没有霸气的,有霸气的就不叫真文化。真文化不习惯被膜拜,只希望被亲近,被记忆而已。

春天,煦日东风,献王的头顶,纸鸢点点,红红粉粉,像陵顶的杏花开在了蓝天。金秋,从田里收割回家的老农,一屁股坐在石阶上,歇歇脚,抽袋烟,像在自家炕头一样。西面的讲经堂里经常举办儒学讲座,老师们总是拒绝进城入住虹霓闪烁的酒店。雕花的木门虚掩,熄了灯火,在曾经照过献王的月亮下,吟诗,品茶。老师们说,这是久违了的涵养了文化的夜晚。

站在远处,无论从哪个角度看,献王陵都酷似一枚铜镜,静对着万里苍穹。把眼睛闭上,把心灵睁开,仰望,你会看到亘古澄澈的光。献王陵不高,但真的需要仰望。

青春毛公墓

清明时节,天空无雨。和风丽日里,一座青青的墓前却落了一场诗雨。

"平原广阔,滹沱经行。绿竹掩映,高阜名亭。燕衔春泥,蝶立花丛。舞雩吟诗,歌颂毛公……斯人已逝,景德景行。斯土斯民,仰慕厥功。后学奋藻,丹心有承。今临冢也,风惠气清。秉心诚意,告慰前圣。丘山不倒,亘古留英……"诗雨同和风共舞,与丽日偕行,纷纷扬扬尽洒了毛公墓,嫩草涂酥。

这是一群年轻人在祭奠,几十号人,正襟而立,齐声吟诵。诵毕,长揖,鞠躬。他们身后是万亩竹海,柳恰绿,春正青。墓的主人是《诗经》(毛诗)的传承者毛公。"年轻人"也不都年轻,长者已年逾古稀,发鬓苍苍,但是站在毛公和《诗经》面前,他们必须是孩子。

"嬴秦烈火,经籍无名。圣诗三百,其谁复生。天降斯任,是我毛公。"毛公不是诗的发明者。张衡的地动仪、蔡伦的造纸术,哪怕传说中三国诸葛亮的木牛流马,都充满了神奇和梦幻。毛公不是,诗也不是,

101

毛公只是诗的采撷者和播种者。

两千多年前的一个晴朗的日子，毛公从遥远的赵国一路跋涉来到这九河之间。行囊里装满了对诗的挚爱，双手接过河间王刘德的嘱托。他撒种，耕耘，埋头一做就是十数载。在诗歌的王国里，他"左右采之""左右芼之""辗转反侧""寤寐求之"。日华宫的杏花开了又落，落了又开；君子馆的车声来了又去，去了又来。银汉皎皎，大汉的上空，流光溢彩，贯若长虹。浴秦坑劫火而重生的《诗》，终于化作凤凰！此时，天宇间能与之同辉的只有印度的《梨俱吠陀》和希腊的《荷马史诗》。

"时有齐韩，又有申公。并立明堂，鹊起名声。群儒夥从，获粟千钟。毛诗不显，非求虚荣"。毛公收拾了几案，舒展了一下疲惫的腰身，伏在案旁，他做了一个梦。梦里，祥云缭绕，凤凰和鸣。

然而，这写满了至诚的诗稿，遭遇了圣上紧锁的眉头。这浴火重生的凤凰，尽管凤在歌鸣，凰在和弦，其羽更丰，其音更清，却没有得到应有的爱情。大汉的金殿，威武得冒着锐寒之气，像看不见的场，一波一波地震慑得她眩晕不止。当朝君王没有发给她一张宠幸的牌，不是她歌声不够清亮，不是她羽翼不够华美。只因为衣"古文经"之衣，无意于谶纬迷信和阴阳五行的附会。她的血液里流淌着献王刘德实事求是的因子，"发乎情而止乎礼义"是她不变的存在原则。万里苍穹，茫茫大风，不懂媚俗的凤凰，五里一徘徊，五里一徘徊。她在等待一场雨，而非是浅薄的爱情！

涤尽尘埃的雨，终于来了！

"千年远去，三家销声。曜明日月，毛诗辉弘。"带来这场诗雨的是一个叫郑康成的人，他让凤凰重现五彩华衣，光彩夺目。比起毛公，比起《诗经》，郑康成同样也是年轻人。他出生时候不仅家境没落，而且汉仪渐衰。他想过凭满腔热血以文济世，但时代的潮流冲击得他晕头转向，一如当初的《诗经》。终于，在经学之海里，"溯洄从之，道阻且长"，他找到了人生的支点。仰头，他望见了来自百年前的光芒。用颤抖的手，捏住了心中的那支笔，为《诗经》作笺，延续毛诗的血脉。韩、鲁、齐三家诗散佚，毛诗终于走到了历史舞台的中央。隔着时空，朱熹为他点赞"康成毕竟是大儒"；隔着时空，毛公在为这个已不年轻的年轻人颔首。仿佛他们是兄弟，携手同行。

"蒹葭苍苍，杨柳融融。昔我往矣，知诗者明。何惧身前，赢得后名。"浴火重生的凤凰，在经历了一场春雨后，展翼翱翔，亮丽了华夏乃至世界的诗歌的天空。《诗经》，就是一只不死的鸟，汲取了千年的风华雨露，精炼了鸣音，历练了目光，所以飞越了千年又千年。

碧空万里，诗雨绵延。毛公墓前的年轻人是"献王诗苑"组织的"沧海流韵"成员，他们都是《诗经》的赤子，来自《诗经》故乡河间故国献县。以《献王诗苑》为纸媒阵地，以"沧海流韵"为网络平台，他们撒播着中国的诗韵，润泽着文化天地。

在距离毛公墓几公里的一所小学里，有一群更年轻的人，他们朝吟夕诵，诗声朗朗，平仄韵律应和着晨曦晚霞——那是国学班的娃娃们。

和风阵阵，万亩竹柳波涛起伏。毛公墓如碧海之舟，遥遥轻飏。这诗雨不是一时兴起，她历经了岁月的酝酿。在这如酥的诗雨中，毛公是该颔首还是感动？不论如何，他的眼里应该是青春无限。

行走善人桥

善人桥开发旅游了，新修了一座桥负载车马，四百岁的石桥只允许步行。从老桥桥头走到桥尾，不过百步。若用脚行走，不足分钟；倘若用心丈量，恐怕需要朝夕日月，甚至穷尽一生。

这座卸载了车马的老桥，如一位长者，一袭布衫，须发尽白。旭日夕阳里，春风秋雨中，默默地迎送着每一位访者。一任你热辣辣的目光打量他的上上下下，一任你饱含了诚挚的指尖划过他每一寸肌肤，他只是低眉，垂目，无言。

我想，公元1646年，一个春日，我就站在这桥头。

最后一个工匠镌刻完最后一个施善者名字的最后一笔，停下斧凿，突然感觉周围只剩下阳光丝一般游荡。抹了一把额头的汗水，回头他看到了，继设计师刘尚用之后的王志苾大师那凝重的脸，还有募化者裴道、张道默默的眼神。桥，收工了，历经整整十八年。在内募化了千家万户，向外募化了四十一个府县；跨越千里赴山西买山石，动用万船义务捎脚儿……居然，收工的时刻，没有锣鼓喧天，没有官府剪彩。

吁了口长气，大师踅下桥，立在岸边，眯了眼睛，端详那五联石拱。当他确定千榫万卯如气相合后，忽然感觉相联的五拱化作了一条巨龙，背负着飘渺的云气，直奔京都而去。那拱顶的螭头，飞扬着须髯，仿佛啸出了团团的雾。顿然，大师步伐健朗了。高高拱手，向着桥上的裴道们作别。穿过人群，顺着御路，他一路向北走去。

裴道们青衫布履，从桥头一步步走到桥尾，又从桥尾走到桥头，如是再三。栏板上的"季札挂剑怀友""李白草诏吓蛮""吴牛喘月镇水""麒麟行空镇桥"，还有七十二望柱石猴，一个个都像忠诚的士卒，整齐列队。轻轻地走着，她们像在检阅，又像是嘱托。把目光化成丝线，她们穿起了桥上的所有。最后，站在翘高的桥尾，冲着送行的人们深深地鞠了一躬，她们转身向南。身后，跟着裴道的义子王金。

我想，站在桥边的我，应该上前一把扯住裴道的衣襟，求她留下——没有你们风餐露宿，一步一个脚印，行程上万里北到辽宁、京都，西到山西、陕西，南到浙江江苏四十一个府县的募化，哪里有这桥？

"就让他们去吧！"顺着声音，我看到了一个员外，慈眉善目，布袍素带。我知道他是善人冉志文冉公，捐资买了一万个瓦罐，分发万家，倡导日省一撮米，捐桥为后人的善人！

"裴道心里装着天下。石桥就是念想，咱就把这桥叫善人桥吧！其实，他们没有走。"冉员外指着桥头的骑狮仙人雕像，"他们就是上天赐给我们的仙人！"

员外带领众人深跪，长揖。桥上，车马辚辚，北上京都，南下各省；桥下，舳舻相接，东行入海，西去接山。看到桥真的成了御路咽喉，冉公捋髭须，颔皓首，消失在人群中。

我想，公元1646年那个春日，我的确站在这善桥的桥头。

后来，裴道他们去了九连山坐化成仙。据说，那里也是先前刘尚用大师升天之地。王大师呢，沿着御道一直北上。裴道、张道、王金、王

105

大师、冉公，一个个都走了，只有桥还在。滹沱河的流水，从春到秋，汩汩东流。岸边的杨柳黄了又青，青了又黄。桥，熟悉了太阳里纤夫们裸背弓腰的呐喊，聆听过月光下才子佳人的低吟浅唱。

从1646年，我一直就站在这桥头吧，我想。

不，应该是我和这石桥一起在行走，在这时光的隧道里。一边行走，我时常琢磨，中国大地上，石桥千千万，大小官府花如山的黄金白银打造的石桥数不胜数。何以那些桥们走着走着就化成了尘埃？是大师们巧夺天工么？可是，大师们一生造桥无数，何以独独这一座一走四百年？

一万个瓦罐，一万份善；万里募化路，千万人善。桥的每一个榫卯里都砌进了善的亲密，每一寸磨得光滑的石板路都通向了人最根性的繁华！

善人桥所在的村子叫作"单桥"，"单"与"善"谐音。村民几乎都是导游，没有经过训练，不用专业术语，他们像介绍自家菜园一样讲解善桥。导游不收费，桥头桥尾，纳凉的大爷、择菜看孩子的妇女，只要你需要，他们都会拍拍身上的泥土，走上桥，每块石板，每个望柱，每道纤痕，把桥的故事统统说给你听。

他们会说，俺们老支书义务护桥四十年，破四旧时，他用黄泥糊了桥，写上革命标语，让桥躲过了劫难。他们还会说，桥头的骑狮仙人，俺们叫石头老婆。泰山上的人们，都信奉泰山奶奶，俺们就信奉这石头老婆，村里祖祖辈辈很多人认她做了干娘，把命押到石头底下，一辈子都平安……

来善桥的人，也许带着好奇；离开善桥的人，发迹耳边应该都熏染了善念吧？

桥上游人如织，桥下滹沱河水不急不缓地流向了时光的那端。

106

走进奉祀园

从献王陵出发，经古乐城，至奉祀园，行迹恰好是一个"弓"形。乐城，很饱满地站在弓的顶部；献王陵和奉祀园，安安静静地卧在两端，一头纪念着作为王侯的献王，一头祭奉着作为祖先的刘德。

乐城，那座酣睡地下的古城，收纳了献王一生的足迹、苦乐，夙兴夜寐、殚精竭虑，遥望长安失望的眼神，以及离去时忧郁的背影。献王陵，一抔黄土，安放了大儒那颗报国的魂灵。为了中华民族文化血脉的对接倾尽所有的献王，在献王陵接受着人们的敬仰，在乐城遗址接受着人们的凭吊。百姓、诗人、学者还有皇帝，他们留下诗篇、礼拜还有热热的目光。

奉祀园，朱门，小院，一堂两舍。这里没有如九河壮阔的诵歌，只贮存着这位刘氏先祖对子孙万代殷殷的教诲。这教诲绵长得连接千载，通贯乾坤。

走进奉祀园，不管你是耳闻还是目遇，抑或神游，处处都是献王十足的神采魅力。院落的东面，一列石碑，自唐宋至明清。这里石头会说话，你听，他在讲述先祖长者风范——"生为帝子，幼为人君……厉节治身，爱古博雅，专以圣人法度遗落为忧"；他在诉说大儒功德——"微献王则六艺其遂瞆乎？故其功烈至今赖之"；他在回放先贤影响——"传之无穷，越数千年而如一日也"。几座简单的石碑，组成了一道曲复的长廊。游走期间，她引领你穿越千年，让你陶醉于这斯文盛地。当游弋于中华文化之河时，你一定会折服于这位卓尔不群的先人。

正当你欲歌之咏之的时候，转身，你看到了院落对面的一块巨石"实事求是"；抬头，你望见了献王温善、谦恭的目光。他以这种形式告诉你，他只是个"恂恂被服礼乐"的儒者，他不是一个霸气十足的王。正因为是一位温良恭俭让的王，他才在中国文化史上有着这独一无二的地位。这就是传经的翼圣，没有这份沐浴了大雅的风度，何以成就了这份千秋伟业？于是，我们的心像吹过了缕缕春风，历经了一场熨帖，感动而又平和。

迎着献王和善的目光，踏着献王用和善的目光铺就的石阶，步入正堂。念念着历代君臣的敬仰，唐太宗李世民的"最有令名"，宋徽宗的"文英"，乾隆皇帝的"心许斯人"，还有南朝梁帝萧绎的"斯道"……忽然，你明白了，这么低调的献王，竟然有这么高端而又持久的粉丝群，高端到至高无上的国君层面，持久到历汉经唐直至明清。这绝不是凭一时或者一世炒作，是纯粹的文化光芒和实在的人格魅力。

献王第七十六世孙男，一个干瘦、面堂黝黑、精神矍铄的老人，燃了一炷香，奉上，跟我们讲述了他们的祭拜礼仪。除了平时的日奉香、夜守护、逢初一十五献供品外，每年的清明和春节，是全族的大祭。全村四百多刘氏子孙，选派各支系代表参加。祭拜分两个部分，奉祀园家祭和献王陵墓祭。家祭完成后，将香烛火种装进一个特制的灯盒，一路拎至王陵，再行墓祭。

香烛燃起，火摇摇闪烁，烟袅袅缭绕。头磕下去，老少长幼，青丝白发。也许，这些刘氏子孙未必读得懂先祖留下来的六艺之书，但是，千年来，他们之所以一直坚守着这块土地，是因为在心里为先祖牢牢地树着一面旗帜。他们荣耀着先祖的荣耀，谦恭着先祖的谦恭，血管了流淌着先祖的精神。他们可以不像先祖那样为书者之事，做经纬大业，但他们一定会像先祖一样，踏踏实实做事，努力留下为后代称道的东西。耕者勤劳，商者诚信，无论走到哪里，他们都能够底气十足地自报家门："我是河间献王刘德的子孙！"

凡是参加过祭祀的刘氏子孙都知道，祭拜刘德这位先祖与其他先人略有迥异。一般祭拜，焚纸钱，四叩首；祭献王，只燃香烛，不焚纸钱，三叩首。"神三鬼四""神香鬼钱"——献王这位先祖，不是跟普通人一样下界为鬼，而是上天化成了神。他佑护着子子孙孙安康，引导着祖祖辈辈做人。

其实，献王应该称作我们的文化之神，有了他的佑护和导引，我们华夏文化何愁不昌盛，不繁荣？

走进奉祀园，须正冠，整衣，轻脚，凝神。献王刘德不应只是刘氏的先祖，凡是韬养了文化之光的人，都应该视之为先人，他是我中华文脉对接的巨擘，是我们所有人应该敬仰的神。

站在奉祀园西南望去，古乐城上空飘飘缈缈；侧耳倾听，朗朗书声犹在，它和着九河的涛声正汩汩东流。

麻雀记忆与粮店

彼粮店非此粮店。

要是把县城东升路看成一条龙的话，最北头儿龙脑袋顶着的是老粮店，公家的粮店。

先说"公家"这个词语。如果对着90后、00后说这个，他们一定一脸蒙圈，没准还会"咣当"甩出一句："家，咋还有公共的呢？"可这个称呼的确实存在过，而且还代表着光鲜和权威。比如，当年，吃公家饭拿公家工资的人，走在大街上，是很值得仰慕的，比现在开辆奔驰宝马厉害多了。如果拿着某物，说是公家商店工厂的，那可是招牌，超过今天的"旗舰店"啊。

再说"粮店"，其实它名字不是这个。东升北路这个"粮店"包括直属库、面粉厂、粮油供应站，现在这些名字都消失了，跟当年墙上杨子荣啊那些花花绿绿的英雄画一样，我不得不借"粮店"这个今天还存在，并且功能与之相关的名字来表达。这个把戏就跟给孩子们描述恐龙同出一辙：恐龙啊不是龙，它跟什么一样高，脖子跟什么一样长，嘴巴跟什么差不多等等。

消失了的公家粮店，虽然没有恐龙那么少据可考，但要还原当年盛景，对于我来说，也不是一件容易的事情。毕竟当年它繁盛的时候，我还不是"城里"人。县志上说，直属库、面粉厂、粮食供应站都是粮食局的下属，面粉厂是磨面的，直属库跟供应站分别是存放售卖粮食油品的。

必须解释清楚的是，粮油供应站可不像现在市场，打开门，任谁拿了钱来买的，它专门供应一个群体"非农业"，也就是城市户口人们。即使是非农业，也不是想买多少就多少，一个月大人孩子细粮多少粗粮多少油多少，都是确切到斤两的。

我没去过直属库、面粉厂，一趟也没有。它们长得什么样子，对于我来说，就跟我校对方志时遇到的那些已经离开、曾在身边的某某一样，只是一个面目模糊的高大轮廓而已。

我印象深的是粮站，但也不是东升路北头这家，是我生活过的乡下那两家公社粮站。

第一家，我只进去过一次，十五岁那年，我考入了沧州师范，变成了准"吃公家饭"的人。入学前办理农转非手续，需要到那里交一些粮食。

那天，父亲用28加重自行车推着布口袋，我跟在后面。院子太大了，比生产队的打谷场要大好多好多，一大片一大片的，用水泥磨得平平的。虽然我家就住在距离粮站不足五百米的地方，但长到十五岁，如果不是父亲带着，而且有这样一个冠冕堂皇的理由，我是断然不敢迈进这个院子半步的，因为里面有狗，大狗，还不止一个。

那时，村里满大街都是乱窜的狗，我从来不怕。它们都是小笨狗子，体小，腿细，嘴钝，毛杂，喜欢乱叫，一个叫起来，跟风一样，都胡乱地扯着嗓门子喊一气。但它们不吓人，还都有一个共同的名字"孩儿"。

只要你舍得手里的一小块儿玉米饼子,喊一声"孩儿,孩儿——",差不多它就跟你走了。因为大人们都下地干活,整天满街筒子疯的,除了狗狗,就是我们,彼此仿佛都混成了一个物种。偶尔碰到一只半只高冷的狗,伏在自家高台子上冷着眼瞅你,也无妨。要是它对你奓毛,弓腰,龇牙,你就假装猫腰捡砖头,马上它就跟你服软的。

粮站的狗跟村里的不一样,不出门,不常叫。隔着阔大的"骚门",我听到过那叫声,粗壮,顿挫,震得树梢儿都晃。大人们说,那是狼狗,跟狼一样大,一样凶,除了里面的工作人员,别人贸然进去,咬不死也会丢半条命的。

至于"骚门",是我乱造的词语。小时候我们一直把比农家门宽很多、高很多的门叫"sāo门",咋写不知道。查遍词典,也就"骚"字能贴题。"骚"有文人高雅之意,可以表达百姓对机关的仰望;"骚"又有雄性之意,比起乡村板门柴门,机关的豪气足可以有雄霸之意吧?

不常开的骚门和不常叫的狼狗,足可以隔断一个农家孩子对粮站的想象。所幸的是,不出门的狼狗无法阻止我们一群群野孩子在周围热火朝天地玩儿。粮站的房子高,红砖红瓦,跟我们农家草檐土坯房子比,一个是昂首挺胸拉大胶皮车的高头大马,一个就是井台儿捂着眼拉水车小毛驴儿。

我们喜欢去粮站周围跑的原因可不是"羡富",因为麻雀多。房高不要紧,有树啊。我不会爬,伙伴们个个高手,比电线杆子高的大树,一眨眼就爬上去了。就着树卡树杈,爬到房顶,檐下瓦里,经常能掏到鸟蛋啊黄嘴角儿光腚油儿的小鸟。

树,上不去,鸟,也掏不了,我就坐在地上看麻雀。书上叫麻雀,我们叫"大家",是不是它们数量多才叫"大家"的呢?我反复想这问题。粮站的大家真多啊,呜拉——一大群飞了,呜拉——一大群落了,比我们小孩子队伍可大多了。最让人眼馋的是,它们不怕狗,还能飞进院子里去。

毕业后参加工作，我理直气壮地跟着麻雀走进所在地粮站的院子，几个月一次，买走我粮本上定量供应的白面、玉米、花生油。印象中，白面一毛八分三，玉米九分，花生油八毛一，比市场价低好多。

每次自行车后架上驮着从高高的库房里买到的粮油往外走，就觉得头顶有麻雀叽叽喳喳地护送。走进粮站时，我没遇见过狼狗，也许是这个乡的粮站主人不喜欢狗，或者上级已经不允许在公家地盘上养狗了吧。

倒是在这家粮站遇到了一个负责拎钥匙开库的姑娘。第一次见，我们彼此都吃了一惊，打量对方有点照镜子的感觉，尽管衣服鞋子发型都不一样，但我们还是觉得，我俩长得太像。除了个子她比我偏矮一点儿，我们都是面庞黑，眼睛大，甚至门牙一侧都有一个缺口儿。所以，每次我去买粮，她在呢，别人就对她喊一嗓子，你姐姐来了，要是她不在，别人就调侃，你妹妹没上班，我给你称吧。

后来，我调县城教书，粮站越来越不景气，那个妹妹下岗后，一家人去了南方经商。前一段时间碰到她，开辆大奥迪，人胖了，有了一对胖孙子，面容油润润的。

提笔写粮站时，有给她打电话的冲动，不是叙旧，权当采访一下业内之人。转念又放弃了。聊啥呢？她工作的粮站，已经卖给了一个企业主，改做他用。聊当初粮本粮票、每月的供应数米面的价钱？一切都跟那句歌词一样"滚滚长江东逝水"啊，没必要矫情地努出一脸忧郁，然后仰天叹一句"旧时王谢堂前燕，飞入寻常百姓家"。

忽然想问问她还记不记得那麻雀，粮站院子、屋顶、天空都是，就跟她们无意间豢养的宠物似的。最终，我没有问她，也许她未必理会过这个。

直属库、面粉厂、粮油供应站中，唯一我打过一个照面的是粮站。1999年，给儿子办完户口后，派出所的户籍警说，可以办粮食关系了。

113

我找到了那里，一座三层小楼里，楼道不算宽绰。办完手续，拿着粮本出来，多日的奔波结束，终于舒了一口气。

然而，粮本办完而已，没用它买过粮油。

县志上是这样说的：1993年底城镇居民口粮自然转入市场化，1999年所有库存粮票上缴粮食局统一销毁，结束了粮油计划供应和粮票供应。

读到这些时，我使劲儿给自己摇了好几下头。多巧啊，女儿93年出生，儿子99年出生，我们家"非二代"没有吃过非农业粮；就算我这"非一代"，苦经巴力挤到非农业门里来的，87年参加工作，到93年也仅仅六年时间。

如今，三层小楼还在，变成了饭店啊烟酒店啊，右面拐过角是汽修洗车。正北一座不高的瓷砖影壁上方镶着"献县粮局家属院"，东面一个不起眼的门店招牌写着"直属库粮油供应"，只从这两个地方能找到昔日公家粮店细若游丝的脚印。

洗车的，修车的，吃饭的，行路的，进进出出来来往往，麻雀断然没有大群起落的了。偶尔，三两只在行道树之间扑棱几下，声音断然被车声人声铁铁实实地稀释乃至淹没了。

据说，鱼的记忆是七秒，麻雀的记忆是一首完整的曲子，今天的麻雀能记住哪一支曲子的旋律呢。

父亲养鸟用院子

年逾古稀的老父亲打电话说，柿子有熟的了，来摘吧。

你又是听鸟叫知道的吧？我问。

是呢，鸟声儿金脆儿金脆儿的了。

我能想象出，电话那头的父亲像一个把着秘诀的孩子。在父亲那里，院子里的鸟随着季节的变化，吃食儿不同，叫声儿有很大区别的。鸟儿金脆儿的声音就是吃了他的金色的柿子的缘故。

父亲的柿子树十年了，房子高，院子深，树蹿得也高。树脑袋在没有拥挤的高处，扑棱得挺大。"七月枣，八月梨，九月柿子红了皮"，父亲在念念声中，仰起头，看不清柿子皮红的成色，看得见鸟飞起飞落的样子。眯了眼睛，侧起耳朵，父亲就听鸟的叫声儿。

父亲说，熟了的柿子，浆水糯糯的，舌头韧韧的，就跟人的饭食一样，有稀的，有干的，吃得商匀。于是父亲断定，对于鸟来说，柿子是别的果子怎么也比不上的，吃了柿子的鸟儿，叫声儿最脆生，跟金子似的。

115

比如枣,"七月十五枣红圈儿",那时候,枣甜脆,人摘一把吃,嘎嘣嘎嘣挺过瘾,鸟不喜欢吃。要等"八月十五枣落杆儿"时,坐果早的枣子,糖心儿了,肉红了,鸟儿才最欢喜。可是没有多少天,就算不落杆儿,熟透的枣子也自己落了。吃枣儿的鸟声儿是稀稀拉拉的,不密实。

再比如,六月的杏。父亲说到杏的时候,总像是有偏见,觉得杏酸味重甜味轻。树尖儿上朝阳的一面,杏子先红了,这时,鸟儿就来了。它们站在枝杈上,蹲在墙头房檐上,起起落落,叽叽喳喳。要等熟透了,它们才高兴吃。父亲总是指着落在地上、鸟们吃剩的半个半个的杏子说,一定是嫌酸,吃剩下了不是?吃杏子的鸟声儿是剌剌啦啦的,不痛快。

对于五月的桑,父亲还是比较认可的。桑树是南墙下面一堆木柴里钻出的桑条长成的。每年"咕咕"叫的时候,桑葚就瞪眼了。父亲读过书,知道"咕咕"的学名叫布谷鸟,但他就坚持叫人家小名儿"咕咕"。院子里的桑树越来越大,咕咕喊来的鸟就越来越多。父亲把桑树下扫得干干净净,熟透的桑葚,落下来的捡到盘子里,人吃,枝头上等不得落下的,鸟吃。父亲说,这桑树本来就是鸟种的,鸟吃剩下咱吃,挺好。桑葚子吃多了会醉,饱食了桑葚的鸟,叫声儿黏黏团团的,像醉汉。

父亲的院子很大,十六米见方的两套院子连排。大弟一家三代常年在外作生意,只在春节时候回来。我和二弟在县城工作,只在周末假日回去。人少屋多的院落,曾经让父亲觉得太阔大,太空落,父亲就想到了种树。

十年前从苗木市场买回柿子树种上,父亲就反复说那个故事。你们小时候,柿子是稀罕物,集上少有卖的。外地工作的伯父回来,花两块钱买了几个你们只见过没吃过的柿子,你仨啊,连皮都给吃了,涩得咧嘴也舍不得吐。柿子树矫情,不能浇脏水,浇过脏水就死掉。父亲把树底下培上土,不叫脏水流过。杏树是院子里自生的,那年侄子十岁,觉得稀罕,拿了破筐扣上。侄子随大弟外出读书,然后结婚生子,杏树在父亲的手底下长大,结果了。枣树是建院子时就有的,父亲说,这枣树年岁应该比我大。

被树们填满的院子不再空落，父亲的心也实着多了。

在树们影不到的地方，父亲掘地，开畦，种菜。春来，揭开覆着的柴草，头年的小葱、韭菜、大蒜、菠菜绿起来；入夏，几棵西胡、几架豆角、一沟辣椒、半畦茄子，陆续上桌；秋至，墙头上的扁豆、北瓜，势头正旺；冬天，两大畦青叶薄帮儿大白菜收到下头屋里，用柴草围上。农家肥，真绿色，应季收，从田头儿直接到餐桌儿，部级待遇啊！家里有这么好的菜，就不信你们不回来！父亲总对往城里捎菜的我们这样说。

我们成了父亲种菜招来的鸟儿。

菜们填满了父亲的四季，树们填满了院子的空间，鸟们的啼鸣浸染了父亲的世界，七彩的，灵动而又丰盈。满头白发的父亲，固守着他的村子。儿女们一个接一个，翅膀硬了，飞了，只有他留在老巢。父亲说，老鸟可以老，但老巢不能老。

父亲养鸟，不用笼子，用院子。

大大小小的饱食了的鸟们，腾——，从院子飞向了天边。父亲或仰头望望，或侧耳听听，他听得懂它们的声音，看不清它们的毛色，甚至叫不上它们的名字，一如这几年父亲经常喊混了我们姐弟的名字。但是，父亲懂鸟，从叫声儿他听得出鸟儿们的悲欢。

我知道，周末我们回去，父亲一定准备好了绑了一个布兜兜的长杆，高高地举起来，把熟透了的柿子兜进去，那双如树皮粗粝的手，把红透的柿子递给他的儿女孙辈们。我还笃定，柿子一定不能收尽的，他要留一些给他的鸟们。父亲说过，等叶子落完了，柿子灯笼一样挑着，远远地就能看见，显得咱院子风水好，再说，过冬的鸟们得有食儿吃不是？

我懂父亲，这招鸟术跟父亲的拿手菜——年三十的青帮白菜炖猪肉一样，大弟弟一家最爱，让人家吃得肚子圆圆鼓鼓的，可就是亲自掌勺，做法秘不外传。

招鸟的父亲是智慧的，养鸟的父亲不孤独。

玩泥

对于我来说，玩泥绝不仅是乡愁。

小时候，我家住在村西北角高台子上。台子下边是一片小树林，林子下边是村里最大的水坑，我们叫它家后坑，这就是我们玩泥的地方。

玩泥，有文玩和武玩。

武玩男孩子们是主角，我们是观众。

数了伏的午后，小树林里知了们嗓门子贼亮，"知了——知了——"，把大人们叫乏了呼呼睡去，皮小子们炝着蹶子跑到坑边，凉鞋背心扒了一卷，扔到树下，跳到坑里。水鸭子似的扎几个猛子，凫儿趟水，玩泥大戏开演了。

坑北沿儿是缓坡，黄泥，不粘不沙，晒饱了太阳，热乎乎的。小子们一字排开哗哗哗，对着坑沿儿一顿撩水。泥润了，台子搭好了。猫腰挖起坑泥，身上、脸上、头发上划拉，两只手小泥板似的，把自己糊得严严实实。嘴巴一张，白牙露出来，黄泥流进去。"噗噗"着嘴边的泥，跑上坑沿儿。坐下，岔开胳膊，"开车啦！"，哧溜——，滑到水里。扎个猛子，再挖泥，再抹。单个开车烦了，就开火车。一串小泥鳅子排好，领头的喊"火车开了"，噼里扑噜，你推我挤栽到水里。不用担心，他们个个好水性，淹不着，呛不着。时间长了，坑北沿儿让这帮小子的屁股划成了长长的泥簸箕。

既然是武玩，"险情"就有发生。黄泥里的玻璃瓦片煤矸子，露点儿尖儿，把腿肚子、腚蛋子刺个口子。血从泥里冒出来，划拉划拉，跳到深水洗。口子浅，继续玩；口子深，像小孩子嘴似的翻赤着，到地里捋把青青菜，搓巴搓巴，糊上。再不好，就跑到奶奶大娘家，要点消炎粉撒上，坚决不能叫爹娘知道。

武玩儿的最高级别是，爬到西坑沿歪脖树上往坑里跳。这个光水性好不行，胆子要大。只有几个大个子敢玩，据他们说，歪脖子树洞里有绿眼睛吐红信子的大长虫，歪脖子对着的坑底是两房深的"井偷子"，"井偷子"嘴不大不小，正好吞下小孩子。就是那几个大个子，也不常玩儿，只在我们央求下才玩儿几把。每当这时，小孩子们伺候角儿似的，给大个子挖泥，糊泥，然后，眼里流着哈喇子，看大个子慢慢悠悠爬上歪脖子，站直，伸臂，跳下——那简直就是大英雄，跟举炸药包的董存瑞差不多。

玩儿一夏天泥的孩子，走到大街上好认，头脸胳膊腿儿，黢黑油亮，铁打的一样结实。

文玩儿，是我们女孩子和小男孩子的事儿。

小树林东面是聋子奶奶家，大门朝西，对着坑。一大坑水，一片树林子，穿堂风一刮，这门洞里是伏天最凉快的地儿。聋子奶奶的孙子小福子是个罗锅，后背一个大疙瘩，挤兑得俩腿细细的，走路一侧歪一侧歪，俩胳膊晃荡着，像个风铰辘车。小福子比我小三岁，除了上学放学趔趄着书包进出，平时不下洼砍草。聋子奶奶就愿意喊我们跟他玩儿。

聋子奶奶房后是一条大沟，沟里的红胶泥出了名地好。我们小孩子都知道，泥有沙泥、黄泥、紫泥和胶泥。沙泥，顺手缝流，不成型。坑底是沙泥最好，不粘脚。黄泥抹房行，捏东西裂。紫泥臭，长芦苇好，玩儿不行。胶泥香，颜色好，粘度大，打啪儿、刻模子、捏小人都行。不过，胶泥是有脾气的，粘，夹锨，没力气挖不来。就算挖来，也是生的，一个瓣儿一个瓣儿的，得蘸着水，在砖啊等硬地方摔，摔熟了才能玩儿。

聋子奶奶门洞旮旯里有个瓮碴子，扣着个旧盆。到夏天，里面就是聋子奶奶摔熟的胶泥，一条条的。熟胶泥不粘，又弹，抓在手里是活的。我们坐在地上，守着块儿废青砖，啪叽，啪叽，边摔边捏，聋子奶奶坐在门洞口，有一搭没一搭地摇着蒲扇看。

男孩子喜欢打啪儿，也叫摔破锅。揪块泥，捏成锅的样子，托在手心，高举，反扣到地上，"噗"一声，破一个洞，力气越大，破洞越大。俩人一对儿，给对方补洞，破洞越大，赢的泥越多。太小的孩子，摔不破，光输，输没了泥就哭，一旁的聋子奶奶就从破瓮里拿一块哄他。

刻模子也有输赢，但不是输泥。模子是砖的，薄厚大小跟小镜子差不多，聋子奶奶没有，得从集上买，要好几分钱一块儿。模子图案挺多，翘尾巴的狗，叼鱼的猫，大眼睛蜻蜓，花盆里的花……揪一块儿泥，抟圆，拍扁，扣在模子上摁，捏，刮，慢慢揭开，图案刻在泥上，模子就成了。摆在墙根下晾干，就可以拿去"赢"东西了。"拾柴禾换模儿——拾柴禾换模儿——"学着串街的小贩喊几声，伙伴们就跑到树林捡柴禾。模子按好坏论价，这个换一把干棒儿，那个换一把软柴。

刻模子也有高手，把模子刻成两面图案的，还有的晾干后放在灶膛里烧熟。他们说，两面的很不好刻，刻第二面时，摁吧，弄坏了第一面图案；不摁吧，刻不上。后来才知道，拿一块泥，两块模一挤就行了。烧模子更难，火旺了裂，火弱了烧不熟。两面模跟熟模，不换柴禾，换橡皮铅笔。

聋子奶奶看我们玩泥，大蒲扇摇着摇着就打盹儿，盹儿打够了做针线，针线做够了就跟我们捏泥人。没有聋子奶奶陪着，我们捏个猫狗鸡鸭的，有头有脚就行，不好看。聋子奶奶啥都会捏。孙悟空，手搭凉棚的，吃桃子的，举着金箍棒的，还有猪八戒、唐僧，《地雷战》里偷地雷的……最让我忘不了的是聋子奶奶捏的我们。胖三，方头正脸，就是腆着肚子难看；大俊，又白又俊，就是头发少，俩小辫子干豆角似的；我呢，大眼双眼皮，就是黑灿灿儿的，聋子奶奶拿蜡笔把"我"涂成古铜色。小福子最像，后脊梁背着个尖儿饽饽……

其实，聋子奶奶不聋，是聋子爷爷聋。大人们嘱咐过我们，别叫"聋子奶奶"，直接叫"奶奶"，揭人短不好。可聋子奶奶说，爷爷就是聋子，叫吧。爷爷聋怎么了？他手巧，会炸大麻花，赚钱，过日子。人活一辈子，有几个人占全了啊？唱戏的不是说，有个皇上长个大嘴片子，有个皇后长俩大脚片子么？瞎子说书，哑巴刨笤帚，不都活得好好儿的么？我们承认，聋子爷爷聋，可炸的大麻花真好吃。有时赶集回来，折胳膊断腿儿卖不了的麻花碎，就分给我们吃。

聋子奶奶捏着泥人还讲故事。说世上的人啊都是泥变的，从前有个奶奶，捏了好多泥人，一吹气，泥人变成人了。怎么有瘸腿瞎眼的呢？不能怪捏娃娃的那个奶奶。贴一锅饼子火候还不匀实呢，有没饹馇儿的，还有糊了的，还不都得吃了啊。

离开村子后，好多年没回去过，前年回去了一趟。聋子奶奶过世了；小福子，开了个铺子，修鞋，修车子，电气焊，手忒巧实，什么都会，娶的媳妇挺俊，生了一对龙凤胎，都上大学了。胖三，领班盖房子，挣钱；冬天闲了，去丧事上吹喇叭，乐呵。大俊，给城里亲戚看孩子，嫁到了那里。

没有见到小福子，要是哪天见了，问问他还记得我不。不管他记不记得，我都想跟他说说玩泥的事，还有俩秘密告诉他。

一个是当年大俊老偷着吃泥，干胶泥瓣儿，嘎嘣嘎嘣，她说又香又甜，可我吃了好几回都咽不下去。我问娘，娘说，吃泥是肚子里有虫，不要对别人说，传出去耽误人家找婆家。第二个秘密是这几年有了航拍，我才想到的。当年，我村风水应该非常好：从家后坑往西，一条大沟连着祁家坑，往南是娄家坑，最后通到村南的滹沱河。家后坑往东，一条大沟连着王家坑、李家坑、刘家坑、于家坑，最后也到了滹沱河。一圈水坑拢着，小村子多像戴着一条大项链啊！

　　风水好，玩泥长大的孩子们都活得很好。

　　教了三十多年书，自以为读了很多书。可这些年我经常觉得，聋子奶奶不识字，好像读过的书比我多。如今，水坑没了，村里的孩子不玩泥了吧？他们还是从里到外，铁打的一样结实么？

雪，不曾走失

　　雪，曾经是最熟悉村庄的。无须邀请，某个早晨人们睁开眼，蓦然发现它迎着窗、挤着门就来了。隔着窗玻璃，它在与冰花里的山水树木私语；开了门，它就和人们嬉戏，先没了鞋子，再钻进衣领。雪，就像一个无拘无束的孩子，多高的树稍也能攀，还顺着如鳞的青瓦，把屋脊上那对雕塑鸽子捂在手心。远处的草丛、河岸，近处的青石井台，还有胡同里来回窜的狗，没有雪脚跑不到、手触不到的地方。

　　雪来了，孩子们是欢娱的。他们追着雪的舞步，仰着通红的小脸儿，端详雪那六角的水晶鞋子。攥一个雪球，当馒头来啃；堆一个雪人，送给它一支红红的糖葫芦。白发的老母亲是最欢喜的。望着漫天的雪花，她的眼睛变得湖水般纯澈。侧耳，老人似乎听到了雪地下面树根草根在喧哗；闭上眼，她似乎看到了一个肥得冒油、绿得滴水的春天。老人脸上的皱纹舒展了，饱润得一如膏腴的土地。颤巍巍地张开竹枝一样的手指，把雪花攥在手心，如同牵着心底那个醉人的梦——雪缀满了蓬松的刘海，他说自己是开满雪花的树，那时候她十八岁，两条乌黑的麻花辫垂过了腰。

雪落在母亲的白发上，白发也变成了一片雪，晶莹，透亮。

雪不是村庄的客人，它是村庄的孩子。它的脚步丈量过村庄的每一寸土地，脸颊亲吻过每一缕炊烟，聆听过喇叭唢呐、犬吠鸡鸣甚至张家的长和李家的短。

然而，这些年雪很少到村庄来了，偶尔来一次，就像出嫁的女儿回娘家，掬把火似的，屁股不曾在炕上稳稳地坐，就走了。一年，两年，一次，两次，老母亲自责了，反思了。村庄慢待了雪，还是雪忘记了村庄的路？坐在村口的石碾上，老母亲浑浊的目光望着通向村外的路。雪不来，她很少梳理自己的白发。

渐渐地老人发觉，孩子们的欢闹声也消失了，孩子们也离开了村庄。是孩子们带走了雪，还是雪带走了孩子们？或者他们相约一起出走，背叛了村庄？也许是他们暂时的叛逆吧！老人日里夜里都在想。偶尔回到村庄的孩子们说过，他们去的地方叫城市，高楼很高，比村口三百年的老槐树还高；电灯很亮，很多灯亮起来，都遮掩了星星。孩子们最不愿意回来的还是，那里挣一个月的钱，顶得上村庄几亩地一年的收成。老人实在不明白，不是说在家千日好，出门万事难么？怎么孩子们就那么向往外面的世界？还有雪，你落在城市里还能叫雪吗？

倚门倚闾，翘首远望。实在思念孩子和雪的时候，老人就叫老伴吹唢呐，孩子们和雪，都喜欢听呢。黄昏，斜阳铺盖了村庄和村庄周遭的野地。冬天的村庄尤其的宁静，冬天的田野尤其空旷。经年撂荒的土地上，杂草疯长后尤其杂乱。老伴鼓起古铜色腮帮子，唢呐声在宁静的村庄里游荡几圈后，向上空、田野荡去。几只鸦惊起，回落。夕阳把唢呐声和一对老人，染成了昏黄。多少次梦里，窗台上、门缝里满是雪探头探脑的样子。她一直不相信，雪会走失，雪认得她的体香，她知道雪的温度。她盼着雪来给她梳理满头的白发，从立冬到打春。

今年立冬着实给了老人一个惊喜。恰恰立冬那天晚上，雪就来了。早晨醒来看到雪的那一刹那，老母亲分不清是梦还是醒。她招呼来了老伴，看满院子的雪，相互搀扶着，看满地里的雪。远处，那雪都连到天了。门前老槐树上，浓绿的叶子还没来得及落下，雪就来了。一片片小叶子就像一只只小手，托满了白白的雪。墙边的爬山虎，红红的叶子还没来得及落下，雪就来了。白白的雪盖了灿红的叶子，就像小姑娘戴着的绒绒的帽儿。老母亲忽然腿脚灵便了，游行在覆了雪的绿叶红叶和欢娱的老伴之间，她要梳理她的白发了，今天。

冬天派雪来开门，雪还记得回家的路。

梳理好白发的老母亲，高声招呼着老伴，打开孩子们的房门。她要把孩子们小时候的照片整理一遍，把镜框擦拭光亮，挂在墙上，让孩子们进门就看见从前的自己。她还要把他们的大大小小的奖状，再用鸡毛掸子轻轻扫干净灰尘，再把破损的粘牢，让孩子们回放童年的记忆……

雪来了，孩子们回归的日子还会远么？白发的老母亲，倚门倚闾，翘首远望，她站成了一棵树。她笃信：雪，不曾走失。

槐落有声

数伏后,最热闹的是蝉声。纵着听,那声音,像一条河流,一浪接一浪,波浪汹涌。横着听,很像一袭纱被,刷地就把整个世界包裹在里面。在汪洋的蝉声中,花事飘渺了许多许多,落英纷飞和零落成泥,似乎已是昨夜的梦。

父亲坐在树阴下,侧耳倾听。隔着层层叠叠的蝉声,他听到了槐花落下的声音。"啪""啪"……就落在脚边,落在他迷离的梦里。对父亲来说,槐花的落才是真正的落,春天的花落,那叫飘——紫谢红凋,一片一片地,轻盈随风,即使是谢幕,都留给世界一个妩媚婀娜的背影——这些跟父亲无关。

槐花不是,她大多是整朵整朵地落,开着开着并不枯萎,就毅然坠地,仿佛去赴一场美丽的约会。即使不是整朵地落,那本来不及指甲大的花瓣,也是卷曲了腰身跃下。如果没有很大的风,槐花就坚持落在自己的脚跟,如同被牵绊了魂魄。一朵朵,一片片,漫成一地香雪。

蝉声阵阵,淹没不了落槐的乐章。

父亲爱槐，他最听得懂槐花的梦。站在一片香雪上的父亲，不是浪漫的诗意和传说。仰头望望树上，依然无比繁华。父亲说，见没见那一嘟噜一嘟噜的花里，悄默声儿伸出来的槐豆荚儿？细细的，嫩嫩的，肉头头的，像针儿一样。地上落花儿十朵，树上豆荚一个；树上一串豆荚，来年一地新芽！

小时候，每到入夏，父亲便从柴棚里找出钩槐的家什，一根带钩的长杆。检查检查钩儿是否坚挺，捆绑得是否坚固，修整调试之后，戳在墙角待命。那些日子，早上父亲起床第一件事就是仰头望树。当密密匝匝的叶子中间，一串串的槐花眼睛将睁未睁的时候，父亲一声令下，我们就带上长钩出征了。举起长杆儿，对准花串儿，钩住，翻转，用力一抖，青青的槐串儿像只鸟儿一样飞落。跟班儿的我们，抢拾着，装进篮筐里，嗅一嗅，满满的清香。晴天，屋前，铺一块旧布，把槐串一一摆开。朝晒夕收，饱浴了阳光的槐串儿，捋在篮子里，那是父亲的槐米，我们姐弟的学费。

街头收槐米的叫声响起，我们就拎着槐米去卖。槐米很贵，一斤能换很多书本、铅笔还有的甜味儿橡皮。槐米很难晒，要钩好几篮子，才晒一斤。到我大些，能独自带领弟弟们出征时，信心满满，恨不得把一整棵树的槐串都钩掉。父亲告诫我，千万不能，把槐花的娘都吃了，那是最忌讳的事儿！

闲了的时候，母亲把鲜槐米捋在一个旧碗里，加上些白矾，捣碎，用汁液把布条染得黄绿黄绿的，给我扎辫子。秋凉了，槐豆子一嘟噜一嘟噜地，沉甸甸地缀满了树。母亲便钩下一些来，剥皮，取豆。剖开豆皮，细细揭下一层晶莹剔透的肉，洗净，喂我们吃。我们跟它叫老猫肉。老猫肉不老，嫩嫩的，清甜甜的，嚼起来咯吱咯吱的响。

四十年来，街头收槐米的声音，依然应时响起。我居住的城里，街边、树下，依然有三三两两钩槐的人。长杆儿，铁钩儿，对准，钩住，翻转，抖落，青青的串儿翩然落下。钩槐人仰头伫立，擦把汗，收拾起成果，朝下一棵树走去。微风摇过，叶间的槐蕾，如将睁未睁的眼睛闪烁。

时常想起郁达夫的槐，铺得满地的，像花又不是花的落蕊，点缀着秋。槐花的落期是最长的，由盛夏到初秋，由蝉声汹涌到蟋蟀重鸣。整个落花仪式，悠长得如同一支交响曲，日夜响彻在街头巷尾。坠地的槐花，错错落落，像极了机场待飞的航班，又如港湾待发的泊船。

父亲老了，钩不动槐了，就在家门口种了两棵。他说，门前栽棵柳，有福往外走；门前栽棵槐，有福从天来。槐，一天天茂盛起来，远方的弟弟生意越做越好。槐，长得很俊气，很周正，买树的人来了一波又一波，总想高价把父亲的槐买走，种到城里供人观赏。父亲把头摇得像拨浪鼓。槐米瞪眼的时候，他要看收槐人来钩槐，蝉声嘹亮的时候，他要坐在树下听落花声声。

第四辑 金盘露

微醉于一瀑暖阳

　　身后是公园的土山，面前是佑城的小河，脚下枯叶覆着的枯草。对岸农舍里，生蛋母鸡的"咯咯哒"，随着河水一叠一叠地传来。大年初一的午后，我一个人站在这里，极像一个不靠谱的孩子。如果我怪异，真的不是我的错，是太阳诱拐了我。

　　头顶上，太阳这家伙，把天整个晴透了，把地整个攻陷了。没有猫咪强光下瞳孔缩成小圆点儿的本领，我不敢抬头跟他对视，只能侧耳听。我听到了，在新春第一天，阳光在泼洒，天地之间，亮得爽朗，响快。

　　闭上眼睛，耳朵是超灵敏的，不知道这像不像小时候浇地的阳沟，扒开的畦口少了，水就流得旺一样。足足地，透过对岸母鸡邀功的呼喊，我听到了它微微的煽翅、毛羽的油亮和鸡冠的灿红。河水，一漾一漾地，用波眉浪眼与天空蜜语。草的根们在惺忪着扭动腰身，这一点是我的脚听到的。中医说，人脚底的神经是最丰富的，对应着全身各个器官。今天，我第一次感觉到我的脚上是有耳朵的。

　　此时，大年初一的午后，最不该缺席的声响是汽车和鞭炮。我把耳朵们伸得无限长，去搜索。鞭炮是没有的了，今年环保，县里有令，小区红幅标示，禁止燃放。朋友圈有人搞笑，"燃放一挂鞭，拘留十五天"。拘留倒不至于，但人们也只在除夕五更吃饺子的节点，拎着搬着出小区，点卯似的应应。汽车声是该有的，一年到头了，今天是男人们串亲频点最高的日子啊。然而，的的确确，车声没有气势，怯怯地退守成了这个舞台的幕布。

阳光，就这样看不见听得到地流动，漫漶着。

河岸的柳，腰身曼妙，在水的鼓荡中，情思浸染，枝条上满是努着的嘴儿和挤着的眼儿。土山上的杏，深褐色的枝头满是挣踹的架势，芽包们挣破了一冬厚厚的积尘，在灰色的缝隙里对着天。去年恣意疯长的蔷薇条子，脸儿泛起了深红浅绿；硬撑了一季的冬青，绿钝了的老叶最底处，冒出针尖儿似的新芽。尽管裸了身子，我依然能辨得出的桑槐们，一律静沐着。桑皮刮净，像孩子的面庞；槐皮粗粝，像牧羊老人执鞭的手。

一阵风不易察觉地吹过枣树，我捉摸到了细小悠长的哨儿响。虬枝丫处，一只卵形灰白条八角斗儿，抱紧，伏着，虫儿已出飞，留下了精巧的洞。农家出身的我知道，这是陈年的斗儿。近处枝上有几个新斗儿，新斗儿没有洞，里面蜗居着越冬的蛹。待天再暖些，蛹就化成蛾子，跟蚕破茧的把戏一样，咬开顶处，飞走，下籽，孵虫。八角虫不像蚕宝宝温情，不仅啃噬枣叶，还丑陋凶恶。花绿绿的，肉呼呼的，藏在叶子里。一旦手臂碰到它，"八"一下，你红肿大片，疼比蜂蜇。没有仔细看过，我想，这东西绝不止八个角，"八"是说它角多吧。

举手之劳，我却没掰下那伏着的虫儿。不是我胆子小，斗儿里的蛹是肥硕的胎儿，没有攻击力。毕竟这公园里枣树的使命是观赏，不是产果；毕竟丑陋的虫儿，同我一样，也有活着的资格。我不是愚善向佛，是深受了瓦尔登湖畔那位写字者的教唆。那位写者比我还"愚"，居然豆

131

地里的杂草都不忍锄去，就因为他觉得草跟豆，不分野生家养，来到世上就无高低贵贱。

　　低头，发现阳光把我跟树们的影子推得长长的。印在草地上的影子很像画，我的是影像，树的是白描。掏出手机拍照：柳，枝细影淡；蔷薇，枝杂影乱；枣，枝子苍劲，影子刀刻一般，透着骨力。我想拍下自己的影子跟它们比，不比秀颀个性，只比活力。就着微风拂发，我扯衣襟，举长臂，摆拍。如是再三，我实在无法区分我跟树的伯仲。

　　往回走的时候，随手发了几张照片，给旅居国外的同学。没有告诉他跟影子的较量，只轻描淡写，聊慰思乡吧。他回复，国内的天这么蓝了？我诱他，回来吧，心阔了国内也长寿。

　　最终，我也没有说年前恩师去世的事情。腊月二十四，我正参加一项京津冀大型文化活动，接到电话我傻掉了几分。虽然老师身患癌症，可他才六十岁多点儿啊。在他患病后，我帮他整理资料，出个人集子，手把手教他打字……他善待了我的小，我该善待他的老。居然，说走他就走了，他才十七天没有发朋友圈啊！遗体告别，我泣不成声。

　　这是第二位离开我的恩师。前年十一月十八号，那位恩师，颜面似铁面包公，口头无半句冗言，待我似待亲女儿，居然不大的毛病术后感染，肺部迅速纤维化离世。那一夜，我辗转难眠，作一首七律以悼。这次不行，马上过年了，我一个字也不能写，不能发朋友圈，不能因为个人情绪影响气氛。

　　没有出口，只能内化。关于生命的沉思，再一次丝线一样，不是缝合，而是游走在我的血液和神经里。夜深时，我听到它从我的毛孔里探头的动静。

　　阳光漫过，空气发酵似的醇厚起来。

　　时差关系，聊了一会，老同学该吃午饭了，说也是饺子。听着自己的脚步和心跳，我继续往回走。公园拐角处，一位老人在自拍。粉帽，银发，黑羊绒大衣，背后石头上的字"街角公园"鲜红。大年初一，古稀老人，笑着自拍，她是要发给在外的孩子么？

没有走近，我用目光祝福她。有一天，我的儿女会离开，然后我会变成她么？

回望，树们依然静沐着。有一天，如果我变成树，我会是它们中的哪一棵呢？

暖暖的阳光瀑布里，忽然觉得我是一棵会行走的树。用脚，我听到了春的汹涌，眨眼间草绿的脚步，花开的声音，都会直逼我而来。忽而，这一瀑暖阳化作了酿熟的酒，浸了我的全身。不饮，分明我已微醉。

绚丽古桑林

　　昨天梦里我听到布谷鸟召唤了，到桑林去。

　　闺蜜小艺很快组织好了队伍。小艺温婉多才，同行各位也身手不凡，精通摄影、能歌善舞、吟诗作画，不一而足。适逢周末，喊上一群孩子，呼呼啦啦，六辆车我们出发了。小艺说，忽然意识到在桑林长大，桑林夕照竟是个空白，今天补一课。

　　夕阳下的桑林，绝没有徐志摩金柳的矫情。古桑太大，一下子就填满了视线，夕阳安安静静地退到一边，作了天地舞台的幕布，把古桑林推到台上作了主角。我想，如果桑林旁边有足够宽阔的场地，或者足够高大的山丘，我们就能品味林子夕晖若纱覆了的温柔，或者被嵌了金边的浪漫。可古桑林就跟大小的杨树、枣树林子，黄的麦子、绿的油葵们拥挤在一起，热热闹闹地。远远望去，高大的古桑林，很像这块领地的头儿。

　　进到林子，队伍四散开去，我迫不及待地跑去看那棵老树，西北角的，沙丘旁那棵。合抱粗的干，在一人高处，如一只巨掌张开，枝枝杈杈向上，向四周，再向上，再向四周，层叠成一把巨伞，纵横成一座城堡。麦收季节，在太阳底下煲了一天，空气一如麦田，干透，热透，晃着人的眼。可是站在这巨伞下，头脸胳膊瞬间包裹了凉爽。密密层层的翠叶间，星星点点的白葚像捉迷藏的孩子，半隐半露地冲着你眨眼。

今天，来这棵老桑下，我不是来寻清凉的诗意，也不是来采摘饕餮。带着一份藏了一年的歉意，站在沙丘上，我伸手拉过枝条，如同握住一双手。叶，绿得发亮呢；枝，柔得透情。我丝毫找不到你去年的破败，难道这么快你就忘记了创痛？这么容易你就宽容了我们的过失？那可是烧过烤过的摧残啊。

去年桑葚熟得噼里啪啦落的时候，我们一群诗友带着来自市里的同仁，浩浩荡荡兴致勃勃地扑向了这片古桑。在城里、案旁、文字里，我们已囚禁得太久。我们要发泄，发泄出胸膛里沉郁的秽气。我们要放松，把胳膊腿脚和沉睡的神经，放松到尽可能的舒展。树上捋，地上捡，大把大把的桑葚填到嘴里。甜的汁液浸透了味蕾、脾胃、神经，沾满了唇腮、手掌、衣襟。

吃累了，坐在暖暖的细沙上。枝杈垂到地上，调皮的年轻人，两手背在身后，把嘴放进枝上叶间叼食。女伴们，脱下沾了厚厚桑葚泥的鞋子，演讲：世界上最奢侈的，不是用桑葚酿酒，而是和泥；世界上最沉醉的，不是小径落花，而是古桑林的细沙；这沙是甜的，这泥是香的。

晌午，巨伞下凉风习习，铺一块席子，摆上蔬食酒品，支起烧烤架子，又一轮疯狂开始了。没有筷子，沾满了粘粘的桑葚汁液的手便是；不用酒杯，举起啤酒，对嘴就吹。烤肉、烤翅、烤蔬菜，火候就像酒令的高低，没有准头，糊了的夹生的，统统撸进张得大大的嘴巴。

最年长的，曾经的局长，红扑扑的脸晃着，像个孩子。编辑老师，平时很拘谨，这会儿倒提着干掉的酒瓶大喊……桑葚不断落下来，落到席上，碗里，居然有一枚不偏不倚，落到了一个小伙子的酒瓶里。那小伙子就是为古桑林申遗到处奔走的那个人。为了这枚以这种特殊方式祝

135

酒的桑葚，大家又高高地举起了酒。

  我没有喝酒，打扫战场时我才发现，烧烤炉子，烤蔫了头顶桑叶，一大片，像一块破席子挂在树上。没有声张，走出很远，我还在回头，心里很不安，像小时候弄乱了奶奶千辛万苦纺好的线。

  远处，孩子们在追逐。温热的沙地上恣意地爬滚，枝叶间小猴子似的窜跳腾挪。摄影的帅哥，举着长脖子镜头，比量着角度，追随着光线。写生的美女安静地坐在树下，手中的细笔是长了眼睛的精灵，与这片大林对望。

  我想给老树鞠个躬，我对小艺说。

  拍了拍我，小艺笑了。姐，这三百年的古桑不是扶风的弱柳。三百年，他什么没见过？地震，风雨，洪水？他什么没听过？雷声，炮声，撕心裂肺的呼喊？如果把他放到蒲松龄的笔下，恐怕他早已变成洞察世事的神仙了。区区炊火，了了枝叶，大不了是顽皮的孙辈，不小心扯断的老爷爷的一根胡须罢了……

  夕阳把最绚丽的光辉，泼洒到桑林里，孩子们的笑声歌声，穿过枝叶，与之呼应着。我听到了古桑的心跳。

  小艺招呼大人孩子们合影。我说，就这棵树吧。小艺说，大家上树吧。当我们二十多人爬到树上时，我的担心又来了。小艺又笑了，桑枝是最柔韧的，像爷爷奶奶的胳膊，看起来沧桑，把孙辈揽在怀里，他从来舍不得摔疼。

  回城路上，翻看着相机里的照片，小艺声明，她看到古桑夕照了，只有年届不惑，才留意夕照下古桑的韵味。

  车子渐远，古桑的影像从后视镜里模糊乃至消失，就在那一瞬间，那影像清清楚楚地收藏到我的心里了，幻化为智者的箴言。那位智者须发尽白，声若洪钟。

  我说，明年布谷鸟叫的时候，我们还来，全车人呼应着。

用一生恋你

我不知道，在这个世界上，除了我，还有没有一个人，用自己的一生作赌注来恋你。你知道么，高考君，四十年了，我一直在不远不近的地方望着你。

当初，我情窦初开，你让我魂牵梦绕。

你重登历史舞台时，我刚刚踏入小学，但我跟你的距离，绝不是"君生我未生，我生君已老"。我怀着一腔热血，迈开了追寻你的脚步。出身贫寒，初识文字的母亲告诉我，国家恢复高考了，咱农民的孩子可以凭本事上大学了。暗暗攥紧的小拳头，是我给你的铮铮誓言。小学，我全公社遥遥领先，花花绿绿的奖状，贴满了我家土屋的整面墙山。初中，我包揽了所有考试的头筹。但我无心领略这小小的峰巅之景，因为我怀揣着更大的梦想。

中考是我人生的分水岭。发榜那天晚上，月亮很白。我从地里回来，背着一大筐猪草。筐很重，一如我的心情。全县第一，居然我一点儿都不兴奋，因为父母早已替我决定了，去读中师，我将无缘高考。

放下筐子，我没有进屋。屋子里，盛满了乡邻亲友祝贺的话语。我中考状元考入中师的消息，长了翅膀似的，在我背着猪草从地里回来之前，在小弟弟飞奔到地里告诉我之前，已经传遍了村子。父母沏茶递烟应酬着。倚在猪圈旁，撒一抱草。猪哼哼唧唧，冲着我表达着快乐，我呆呆地望着月亮。人们陆续散去，微醉的父亲还在吆喝着。母亲找到我说，知道你不服气，想考大学，看看咱家这三间土坯房和你两个等着读书、娶媳妇的弟弟，再看看咱村几百个女娃，有几个能像你似的读书？哪个不是围着锅台转悠？母亲抹了一把泪水。

我与你的缘分，便淹没在那个月亮很白的夜和母亲的泪水里。我听到了我心的呻吟，细若游丝。

参加工作后，我初心难改，找了个假想对象——成人高考替代你。

当时，我被分配到村里的小学。掏出工资供养弟弟同时，我掏出全部真心去寻觅你的足迹。我知道，你虽然只跟我隔着三年的时光，但命中注定我们牵手无望。退而求其次，我追逐成人高考这位跟你没有血缘的兄弟。当我以函授生的身份站在大学的门口时，抚摸着熠熠生辉的校牌，我仿佛得到了你的回眸。把"河北师范大学"的校徽戴在胸前，我照了个相，又屁颠颠地跑到小卖部，买一沓印着学校名字的稿纸，做笔记，还故意用它给朋友们写信。恍恍惚惚中，我已然是你准许入宫的妃嫔。

终于有一天，上天怜见了我的痴情，把我放到了一个离你最近的平台，让我能够隔着浅浅的一湾，与你脉脉相望。

工作十五年后，我一步步从小学调到初中，最后被聘到高中，并且是省示范性重点高中。那天，仍然是月亮很亮，很白。对着如水的秋月，我恶狠狠地赌誓：我不能高考，我的学生都高考！我不能上大学，我的学生都上大学！上好大学！

最让我痛快淋漓的是，我女儿以我学生的身份，考入了理想的大学，那年她十八岁，正是我参加工作错过高考的年龄。清楚地记得，女儿上场前，我特意送她的一副对联："十年磨剑，虽非干将莫邪不惧强敌豪气在；两日拼杀，似跨的卢赤兔踏平沙场凯歌还。"

送女儿走的那天，秋雨霏霏。我问女儿，知道天为什么下雨么？女儿摇头。知道妈妈十八岁那年的高考，天不下雨心下雨么？女儿摇摇头。我抚摸着女儿的头，告诉了她，我与你的爱恨情仇。那一刻，我不禁哑然失笑，我跟你的故事，多像金庸小说的桥段，一段情殇，竟然需要跨越代际来抚平。

之后，我的学生考上清华了。一个木讷讷细高高的男孩，家里非常贫寒的男孩。高考前几个月，他经常找我，语文相对是他的短板，希望得到我的个别帮助。我无法拒绝那强烈的渴望，那眼神就像我多年前倚在猪圈边久望的那枚月！清华录取后，电视台要采访，那男孩子又找到我，希望我跟他一起出镜。我拒绝了，只在不远的地方看着他。难道我在想，为什么考入清华的不是我？

再后来，学生们考入清华、北大、人大的，中科大、国防科技大……我的兴奋，我的喜悦，趋于了平静，就如一场场角逐过后，胜者渐渐消散了挑战的眼神。

如今，每天，在如画的朝阳里，我梳理好鬓间的白发，走上讲台。那是我离高考最近，高考离我很远的地方。在这里，我注目着我矢志不渝的那个人。

时常，在如诗的月色里，我捧起书本，大声诵读："蒹葭苍苍，白露为霜，所谓伊人，在水一方。溯洄从之，道阻且长。溯游从之，宛在水中央"，这该是世间最美妙的纠葛，我想。

一生的情缘，痴心不改，如诗般经典而美丽。就把她托于历史吧，希望她沉淀为月色般的纯净。

拐棍儿亲人
——"点名啦"之一

小东，听着，看看点的是你不？

"老师，睡了没？愁死俺了，睡不着，宝贝孙儿发烧都十天了，咋办啊？……"数落完，你就哼哼唧唧地哭。

我熟睡的夜就是一块厚厚的黑色幕布，"刺啦——"你的电话就给我扯一个大口子。其实，不用看，我就能猜到，这个点儿打电话，是别人的可能性不大。

"还哭！都当奶奶了知道不？长点儿出息行不？不就孩子生个病么？啥大不了的，天还能塌了啊，慢慢儿说！"

我一应声儿，你的哭声和哭声里夹杂的焦躁，像雨水打在弥漫的扬尘上一样，回落下去，平静下来……

"你家臭妞子又闹脾气呢，月考没考好，请假回来了，在屋子里扎着不吃饭。躁死我了，揍了她一顿，我跑你这里来了！"

你噼里扑噜的眼泪，跟嗓门子里的话，都像倒出来的豆子，撒满了我家的沙发。

臭妞子是你的女儿，跟我叫姥姥。你高兴的时候，臭妞子可不臭，香着呢！

"你吃饭了没，大气包？你不吃饭，谁来揍你一顿？"

绝对比夏天的雷阵雨去得还快，眨眼工夫，你就晴天了。

…… ……

你总说，我是你的拐棍儿、你的主心骨儿，从上学十四岁，直到现在你四十四岁，有了孙子。

我明白，我哪有那么全能全知啊，只是你信我啊。

三十年前，你十四，我十八，你个子比我还高，可一天到晚跟着我，尾巴似的。放了学，跟着我去宿舍写作业，写完了还不回家，常常是坐在我那张掉了漆的破木椅上，托着脸儿看我："我跟着你去食堂吃饭行么？"中学毕业，要嫁人了，你跑来兴奋地告诉我："我婆婆家就住学校门口，我没事了，就来你这儿蹭饭昂！"生孩子了，孩子上学了，今年东洼种的麦子长得好，明年打算跟着邻居种土豆，不用农药，自己吃……嘚不嘚，嘚不嘚，只要逮住我，你就嘚不一通。我经常点着你的额头，跟你叫"不费电的广播喇叭"。

有一回，俩月找不到我，你差点儿急疯了。1999年，我生儿子那年，月份大了，身体不好，跟单位请了假，去了外地休养。几次三番，你打听到的是我得了肝炎的消息，哭了三天，然后召集当年跟你一起尾随我的同学，说，老天爷眼瞎了，让咱老师生这么重的病。老师没钱，你们没钱的去人就行，咱去看看老师，我给老师拿两万！其实，那时你家刚开了一个小厂子，挣了一点点儿钱。

你最终没有找到我。我生完儿子回来，得知这一切后，打电话给你。电话里，你又哭又笑，捡回了个老师似的兴奋。第二天，天刚亮，咚咚，你就来砸门了。见到我，你一下子把我搂在了怀里，紧紧地，怕再丢了似的……

　　都活了半截地了，俺离不开你，后半截，俺还尾巴似的跟着你，别烦昂！这是你有了孙子之后，经常挂在嘴头儿的话儿。

　　我哪有那么好啊，值得你这样，都当奶奶了，在我这儿还是孩子？这是我经常嘚瑟的话儿。

　　三十年，我们是怎样从读诗书、谈理想的师生，变成柴米油盐相互依赖的亲人的呢？似乎，我俩还真说不清楚。

彼此柔软着
——"点名啦"之二

小西，来了不？听着昂！

年初，我作了一个手术，四个小时，在医院住了二十多天。一向身体和意志同样硬邦邦的我，除了跟单位请假，就是坚持不告诉任何亲友。

出院后，你偶然来找我，看到我苍白的脸色和缓慢的步履，低着头，轻声地说："老师，你真该告诉我啊，让我去医院守你两天多好……"泪水清清亮亮地滴落到你的衣襟上。

从那天起，你经常来。我喜欢吃柴灶大锅蒸的老肥纯碱干粮，你三天两头儿带，还变着花样儿：枣卷儿、油卷儿、肉素包子、糖包儿。每次带几个，让我总吃新的。你说，你手粗笨，就会做庄稼饭，不会做菜炖汤。进门放下东西，你就绰笤帚拖把，收拾利索屋子，就找衣服洗……

你做这些的时候，就让我在沙发上坐着，坦然地享受。你脾气柔，我总说你跟糯米饭似的。你话不多，好多话就像给自己听，即使是跟我说话，眉目大多也是低垂着的。

"叶子离得远,工作忙,又不好抽身,以后有事,就喊我吧。家里地包出去了,厂子不大,不总忙。"叶子,是我女儿,在天津工作。不用多说,我很懂你的意思。

"这么多年了,从俺上学到结婚生孩子,再到俺孩子上学、俺生病、老人生病,哪一件不是你帮俺过去的啊?往后你一年老似一年了,要是跟俺躲己,你就忒见外了啊……"尽管扭着脸,你在收拾活计,我知道你又在哭。你心忒软,眼窝子忒浅,上愁了哭,伤心了哭,欢疚了哭,高兴了还哭。

其实,我哪有你说的那么好啊?你的心像箩面的细箩,我的心是筛石子的筛。你念叨的这些事,我只记得些轮廓,可你电影似的老回放,让我觉得我俩过来的这三十年,成了一张油浸的纸,透亮,挺脱。

我记得,读中学时,你的一篇作文让我牵起了你的小手。父亲突然离世,家庭的大伤痛中,居然小小的你,懂得调和奶奶和娘微妙的不和谐。你是一个善良得让人不得不心疼的孩子。

你说,要结婚了,你来找我,娘弱视,出不了村,赶不了集,让我帮你买嫁妆;怀孕做产检,我跟着你才踏实;家里盖房子,你来找我丈夫商量,敬自己的长辈一样,你喊他叔;儿子上高中了,领来交给我;儿子恋爱了,你告诉孩子,照片发给姥姥,过过眼儿……

我仅大你六岁啊,可你总拿当我老人。八月十五、春节啊,你从没有落下过看我;家里养几只土鸡,鸡蛋攒着,给我跟你公婆吃;秋收了,第一磨玉米糁子恨不得热乎着给我送来……我说过好多次,你头发也渐白了,俩孩子负担不小,不要总顾着我,你说,自己父母都走了,有我你就不孤苦。

咱家又盖了两间厂房,等你好了,去看看行么?

咱家明明过年大学毕业,让他在县城找工作,离你近点行么?

等明明娶媳妇,俺娘家亲戚少,你去吃喜饽饽行么?

…… ……

你家在城外不远，宽房大院；明明喊我姥姥，高个子大眼睛，忒帅。

我去，一定去！

不喜欢流泪的我，一场大病后，被你温温的泪和软软的话，泡得软软的了。

有你
——"点名啦"之三

小北，坐好了，说你呢！

在所有的学生中，你是最不怕我，最不规矩的那个。

你属狗，我大你十四岁，你偏叫我姐。去年生了二胎，你抱着粉嘟嘟的女儿，咿咿呀呀地，教孩子喊我"老大姨"！俺头发都白了好不好？要在村里，俺是当了奶奶的主儿好不好？

确切地说，欺负我是你上大学开始的。

领到大学通知书，你奔到我家，上楼后，喘得揉肚子划拉心口，"请我吃好东西祝贺……水源路刚开了一家黄骅海鲜馆，都馋死我了……"欻欻欻，吃得了，以为你饶过我了，结果，更快的刀子还没亮出来呢。

"超市！零食！等通知这些日子，熬死我了，没痛快吃，翻本，翻本！"谁承想啊，你这本一翻就是六年，大学，硕士，宰得我钻心疼哦！

可每次说起你欺负我，你就射箭头子似的回击我："冤有头，债有主，你欠下的，必须还，哈哈——"这箭，还带着雉鸡翎的尾声儿。

我承认，当初我是"欺负"得你很苦。

刚调县城初中那年教你，新生入学第一天，我就把你定为了冤家。短发，比男孩子的还短；穿牛仔背带裤，晃着进了教室。暗地里，校长指给我："全校第一名，可就是个不摁犄角不喝水的茬儿。"响鼓重锤，摁呗！背课文，稍微长一点，你就快语速三级跳着背。罚，背过再坐下！写习字，你找爸爸抽屉里格子最大、字最少的公文稿纸。罚，多写三倍！手抄报，看别的女孩彩笔勾画完，扯过来写上自己名字，摆手，让人家再画一个。罚，班里板报画三期……

中考补课，班里少一大片人，居然你带了去看球赛直播！我拿着冒火星子的眼珠子和冒火星子的拳脚，在楼梯拐角候着你。我一脚踹过去，你喊一嗓子："你们撤，我掩护！"噌，钻到楼梯底下木板后，露着两只眼跟我谈判："算了吧昂，一是本没想旷课，没想到加时了；二呢，除了你的课，我们啥课都逃。你练过武，拳脚厉害，俺怕你。开开恩，眼神儿给你作个揖呗！"

读研的时候，我鼓动你，赶紧把自己糊弄出去吧，别砸手里。有一天，你真领一个男孩来。问我，丑不？我说，丑。你说，轰他走？我说，别！丑也比你俊，轰走了连丑的也没了。那男孩后来成了你丈夫，在中科院工作，你留在了电力科学院。

你表扬我，那是我欺负得你唯一正确的一次。

两年前，女儿找工作，北京天津折腾，我烦透了，就折腾你。你在电话里尖着嗓子笑："out 了，知道不？我翻身做主人的节点儿到了。叶子工作的事，你撤，我帮她决策。"

年初，我大病一场。你听说了，扔下孩子，从北京赶回来。砸门，进屋，见我在沙发上偎着，鞋子没脱，撩开被子，钻进来。拱着我的额头："武功呢？就这点本事啊！行啦，养着，啥事有我呢！"

高考完，儿子报志愿，选专业，麻烦死了。你电话不断地打，就那句话，没事，有我呢！

的确觉得，有你，真好！尤其是照着镜子，看着自己鬓间白头发噌噌往外蹿的时候。

眼睛一直在笑
——"点名啦"之四

小南，在啊，下面说你呗！

有些问题，咱俩谈得最深，比如青春叛逆。你是法官，研究青少年犯罪心理。我呢，当年给叛逆的你把过脉，还算有资历。鉴于你脸皮儿跟咱俩交情一样厚，先揭你的老底儿吧。

高一，你是我代课班的学生。那时，我很尼采。尼采的太阳顶在头上，喊在嘴里，我的装在心里：代课也要绝对地好。第一节课，你歪着身子坐，头懒得抬地写。走过去，我看到长头帘后一双细眼，目光散漫着。我用更散漫的目光瞥你的字，文采很好。可我没有表露，踱了过去。

后来，你跟我说，我踱过去一刹那，你撩起头发，狠狠打量了我。之后，你总把字拿来给我。宝石蓝硬皮的本，写满一个又一个，那是你炫丽摇曳的天地。宿舍里的老鼠，你让它有童话里小兔子的表情；操场上狂奔的男生，你放到《诗经》里吟咏；图书馆墙角的蜘蛛网，被你变成弹跳的诗；挑战安妮宝贝，你给她写长长的信……

有我陪着在文字里游走,你的目光不再散漫。

高二,你居然转到我们班。你父亲找到我说,不瞒你说,这是个逆子——懒惰、冷漠、鸢头匪,找关系调班,是你半年来跟他讲的唯一一句话……拜托了,多费心……他眼含泪,手在抖。你父亲,我熟悉,那可是小城家喻户晓的名医。

放学后,喊你到办公室。你绺着眼,炸着笑。

我说,你父亲来过。

你的笑顿然僵住。

到我班打算咋过?

你声细气硬,听话,你说啥我听啥!

我拈过一张答题卡,写上"成人·成才",给你。

之后,宝石蓝本子上,仍然你热热地写,我热热地读。一次放假回来,你给我一篇《倒着长大多好》,"人要是倒着长大多好,那样的话,奶奶就是现在的我,我是现在的奶奶,我替她躺在冰冷的棺材里……"字迹模糊成一片一片。

高考,你底子薄,只考了个专科。开学前一天,你跑来找我:"世上你最信我,你信不信我专科毕业,一起拿到本科证?"我瞪着眼看你。

"甩开数学这死穴,读法学,我擅长。这俩月,扎在图书馆,读了好多书,我有信心!"你攥起了拳头,我抱起了你。

大学期间,有两个事你嘱我,不许告诉你父亲。一次是解忧。六月的北戴河,晚风硬,海水凉,海鸥唧唧。你说,一个人走着,只想把自己散落在沙滩上。孩子,弓总拉满,弦会疼的。电话里,陪了你一晚。我知道,俺孩子学得太苦了。另一次是报喜。寒假回来,你颠颠儿地拿来一张男孩照片。我说,真帅。"那是,俺多俊呢!"你把眼都给笑没了。

如我们约定,三年你真拿了俩毕业证。更让我惊的是,你还拿了律师证，考入了法院。这几年，尤其是你做了母亲后，总在思考孩子的成长。

那天，老人孩子睡了，你微我，想开个公众号，就写青少年叛逆，想递给人们一根走出泥泞的藤子，名字叫"小鱼在乎"。

我知道这典故：落潮的海滩，许多鱼搁浅。男孩捡起鱼，奋力扔向大海。有人说，鱼那么多，没人在乎。男孩说，小鱼在乎。

我，懂你。

跑到地球那边
——"点名啦"之五

小天，接下来数落你！

高中入学，你不足一米五，短腿，奶声。毕业时，你一米八五，大长腿，瓮声瓮气。本来想，你一步迈到南方读大学就行了，谁承想尥个蹶子，你跑到地球那半边去了。家里数九了，你那里正是夏天。快过年了，弱弱地问一句，今年回来么？

你可是跑得最远的那个啊。

从村里来到县城读高中那天，你跑不动，行李太大，你太小。趔趔着进来，操很稠的东乡方言："老师，俺来了。""师"，你说成"司"，"俺"你说成"蛹"。我叫高个子同学替你背行李去宿舍，你高兴得小狗似的跟在后头跳。眨眼，你又跳回来了："老司，蛹搬不动东西，可以带路，宿舍，蛹认识啦！"

咱学校大，三十规制，你说，跟了俺是你抓彩票中了大奖。咱学校总分班，三年你都在我的掌心，你学你娘说，是奶奶烧香祈来的福。净瞎忽悠，俺哪那么好？倒是你，让我觉得有份难得的纯净。

高二时，有一天晚修，你突然请假出去，回来眼睛红红的。课后，我问你咋了，你泪决堤似的。晚修前打电话，你在电话亭下面看到二百块钱，就说，谁掉钱了？旁边修电话的，捡了起来。回到教室，你发现，钱是自己的。返回去，那人不光不给钱，还瞪眼要打人。那是俺一个月的生活费，俺不敢跟娘说，娘大冬天去铁工厂磨件挣钱，忒难。

给你擦了泪，掏出二百块钱给你，你不要。我搂住你的肩膀，塞给你，"借你的，长大了，挣了钱，连本带息还哦！"那时，你跟我一般高。

跟别的孩子不同，你的逆反来得晚。高三你开始贪玩，腚上扎草似的，听课晃，写作业晃，成绩旋风旋着似的起落。那天，你们称作全大爷的班主任，从后门揪出摇头晃腚的你，啪啪，俩耳光。没有哭，你找到我，有点情绪。我把脚举起来："今儿这一脚，先给你存着。要是这俩耳刮子不管用，咱就买二赠一！"仅两分钟，你多云转晴，撩开瘦长腿，晃着裤管儿，跑了。

你大四那年，全大爷查出白血病。你打电话，呜呜哭，"要不是全大爷那俩耳光，我哪有今天啊！我寄五百，再组织同学们捐款！"电话这头，我眼泛热。你跟哥哥都读大学，学费生活费，家里没有能力供，都靠自己打工赚啊，多次放假回来，我塞你几百生活费，你从来坚持不要啊！

硕士毕业，澳洲一位博导看中你，带你去读博。临行前，你决定完婚，带着妻子飞，那女孩在这贫窘的六年里跟着你，不容易，你说。婚礼那天，我早早去你家。村子不大，人家疏疏落落的，挺素美。

"这是俺亲爱的老师，也是俺亲爱的妈！"你跟乡亲们介绍。

"俺是天儿的娘，你是天儿的妈。俺把他从村里送到县里，你给俺送到了国外。"你母亲拼命攥着我的手，眼里是欢喜的泪。我拼命摇头。

小子，真想你了。要是今年你不回来，我就去村里看看你娘。在我眼里，她真是一位了不起的母亲。

我和你娘都相信，地球那边的风景一定很好。

总是攥紧拳头
——"点名啦"之六

小地，听着昂！

你白净，秀气。生眼看上去，真觉不出啥。我特别关注你，并不是因为你成绩全校榜首，而是你的小拳头。

高一那年，我煽动你们写随笔。我一向认为，平时练笔，好比武术的腰腿功夫，没有基本功，高考作文就耍不动刀枪棍棒。我有个怪癖，见不得好文字，一旦见了，就跟穷汉得了金元宝似的兴奋。当时，对子班有个女孩的文字太鲜活，会在纸上乱蹦似的。我就憋不住地拿到你们班上讲。

你坐在第一排，平时安静得如无风池水，那天，你眼睛陡然圆亮起来，攥紧的小拳头轻轻在课桌上磕。课后，你找到我说，你也要写那么好。我笑着点头，但心里觉得文字这功夫，即使非胎生印记，娘肚子里带来，也要费一大番磨炼。你是理科竞赛生，耍得了大刀，未必能舞得起水袖。没想到，你生生颠覆了我。半年多，你给每个同学写肖像，练描绘；翻遍阅览室杂志，写时评；背诵《史记》《战国策》《古文观止》等大量名篇，居然你还能用文言文写作。

在我憋不住地在对子班、办公室炫耀你以后，你攥紧的双拳在胸前晃着，问我："我的字儿会蹦了么？"我说，会，会蹦，会飞，还会眨眼，会沉思。

课余时间，学累了，你就找我玩儿，跟我说一日三餐，小学初中，村子家人……我才知道，你来自离县城很远又很小的村子，是"自强资金"资助生。从小学就来县城私立读书，凭自己挣奖学金，没让家里掏过钱。我明白你握拳的根由了。

高考后，你成了一所985大学的国防生。你除了想去部队锻炼，还有就是国防生可以不用父母供给。隔着电话，我似乎又听到了你拳头紧握的声响。

大三那年暑假，你突然跑来，坐在沙发上，眼神游移，话语仿佛石头阻塞的溪水。许久，你倾诉了你的失恋，恋了三年的女孩出国了。给你倒茶，拿水果，做午饭，默默地陪着你。天要黑了，最后一班车要错过了，你才起身走。我想送你去车站，你坚持不让我下楼。噔噔噔，听你出了楼道，我赶紧拉开窗户看。后脑长了眼似的，回过头，冲我笑笑，猛然，你举起了攥紧的拳头。你知道么，那一刻，我眼里热热地。

毕业后，你去了部队，很偏远的地方。正担心你丧气时，你发来跟一个大眼睛女孩合影，爽脆地说，年休就给你们娶媳妇！娶媳妇那天，你穿着军装，站在铺红毯的台上，真威武。你知道么，看着你，我心里那份得意，远远超出了我征文获奖。

执意，你拉我跟你的亲人一起上台。对着众人，你大声宣布："从今天起，我有了三个妈妈，生身母亲，岳母大人，还有塑造我灵魂的母亲——爱你们！"

今年休假，你带媳妇还有妹妹来看我，我大鸟带小鸟似的，领你们去吃烤肉。你告诉我，你调回了总队，负责科研……明年，给我们添个孙儿……丫丫妹妹今年读高中，交给我……

我说，给你个任务吧，我女儿、儿子交给你，就是你的妹妹、弟弟，带着他们向前奔，我信你！习惯性地，你又攥紧了拳头。

孩子，你知道么，你那拳头像旗帜。有你带着弟妹们走，我心安稳。

心有应
——"点名啦"之七

小中，今儿特想跟你聊聊。

你总喊我"老太太"，喊了十几年了，那时候我才三十多岁。本老太太到现在也不老啊，潮儿着呢。除了一头披肩长发、高跟鞋，还有拖地长裙、各色旗袍、束腰风衣。你们说了，带着威胁的口吻说的，老太太不要老昂，跟着我们混，我们吃啥你跟着吃啥，我们玩啥你跟着玩啥，不然，你老了我们就不要你了！你们都是厉害主儿，我哪敢老？

不敢老的我是从不粘人的。你们这些家伙，天南海北的，平时各有各的一摊子事，一般情况，一年到头的，我也不搭理你们，免得你们烦我。可那天，我忽然就想给你打个电话，鬼使神差似的。居然，电话关机。电话里那个女子抛出来的"你拨打的电话已关机"几个字，石子一样，一颗一颗地落在我的心湖里，扑通扑通地响，然后一圈一圈地漾。

那天二月初七，你是正月初六回北京的。初六那天，本来打算跟我吃个饭再走的，结果单位临时事急，你匆匆跑来，照例进门趴下给我磕一个头,爬起来一站就走了。一站的几分钟里,你快速地跟我汇报了去年的收获和今年的打算。孩子上幼儿园了,媳妇上班了;我带的团队素质越来越厉害了,都是博士博士后了;我们承揽的建筑设计项目越来越尖端了;今年不出国了,出差也不多了……

像个任性的孩子,一个上午,我不断地打你的电话。我故意不直接在通讯记录里按你的名字,而是一个数字一个数字地输入。每次拨打的过程就跟坐着火车钻隧道一样,盼着眨眼就一片亮亮的。然而,你总是关机。我似乎被关在了一片混沌的天地里,喘气都闷闷的。

我坐在窗前看天,天蓝得爽,云白得净。前几天一个朋友发圈,北京街头的杏花都开了,说尽管北京纬度靠北,可城市热岛效应,花开得比咱老家要早。不知道为啥,自从你们一个个留在北京,我特关注北京的天气,比如降温、下雪,还有花开。

你是在开会么?开会的话,一上午也该结束了啊。你是在飞机上么?不出国的话,半天时间,去哪儿也该到了啊。手机没电?你有充电宝啊。手机丢了?会有啥事呢啊?打开微信,我故作轻松地给你留言:"小子,瞎鼓捣啥呢?"附上了一个害羞的笑脸。

下午两点二十,你微信回应我说,你做了个手术,才醒过来,没事的,老太太放心!

那一刻,忽然地,我特相信心理感应。远隔千里百里的亲人,一方有痛,往往会莫名其妙地投射到另一方心里。看来,你真的就是我儿子一样的人了,你的痛实实在在地牵扯了我。

我知道你很痛,但故意不问,只发了三个抱抱的表情。

你一定很痛,但就是不说,只逗我,老太太给俺个包包呗!

五百五十五块五毛五,发过去,我佯作轻松地煽了一把情,"老太太爱你哦!"然后对着手机屏幕,想你脸色苍白的样子,心里一阵阵地紧,钝钝地痛。

你是一个太让人放心的孩子，因为总是努力地让人放心，宁愿自己扛起很多。知道么？你是太让我心疼的那一个。

高一那年，你跟我，是第一名身份入的咱班。也许因为你来自最偏远的小村，没有漂亮衣服，不会说普通话，坐在位子上，你眼神里没有一丝张扬。轮到你自我介绍时，你眉眼低垂着，白净的小脸儿，被赤红的波浪席一样卷过。你说你是你们家走出家门最远的那个，好好学习，让父母放心，是你最大的愿望。你声音很小，小得需要我贴近你才能听得清。

你父母种菜为生，你们村闭塞得连"打工"的概念都没有。一道比你们家的房子还高的长堤，硬硬地横在你家门口，挡住了你祖辈父辈的脚步还有目光。你跨过了大堤，走进了乡亲们仰望的县里最高学府。那年你十五岁，未必懂得背负希望这样高大上的说法，但从你的目光里，我看到了你燃烧的兴奋。

虽然是全县最高学府，但那时咱是贫困县，学校条件真的挺差。从住宿到饭食，好多同学一边努力挑剔，一边努力适应，课余调侃的段子不断翻新。你还记得不？讲完契诃夫的《装在套子里的人》，我引导你们用夸张讽刺的手法写一段文字，被你们称作"刘兔"的那个瘦高个儿男生写的那段话？

话说宿舍里抓了一只老鼠，哥几个很想商量上策，一解心头之恨。剁掉爪子吧，它经常跳到咱们床单上；拔掉牙齿吧，它咬坏了皮箱偷吃了火腿肠方便面；点了天灯吧，杀一儆百，以示警戒；让它参加月考吧，让监考老师的目光杀它。最后，高人的高招竟是，用绳子栓了，牵到餐厅里喂它饭，愁死它！

刘兔晃着长脖子说，除了你之外，全班鼓掌，笑翻。课下，我问你，你涨红着脸说，夸张讽刺用得很好，可俺没觉得老师监场严，餐厅饭难吃啊。

有一回你觉得难了,是棉袄袖裉破了,像一张嘴似的,露着棉套,自己缝了几次总开。把你喊道办公室,我指着破洞说你,你仍然是先红脸后说话,这玩意不好弄,比文言倒装句式难。帮你缝平整,拍了你一巴掌,你颠颠地跑了。

高考前那阵子,好多同学出现"高考综合症",失眠,焦虑,甚至落泪,逃避。我不动声色地盯着你,全省第一次模拟考试你考砸了,滑到班上二十名,全校大几百名。晚自习后,在连廊上我碰上了你。没有灯,你一个人静静地倚着栏杆。

"小子,咋样?"我语调上扬。

"没事儿,放心!"转身,你跑回了宿舍。

你真的让我放心,高考你是咱班最棒的,考入了那所你向往的985。你真的让父母跟所有的人放心,毕业后,你聘到中国建筑设计院,成了那道长堤里走出来的佼佼者。

你一直是我得意的一张牌,拑在手里,偶尔人前露一下,我总是难以掩饰地臭美。但今天,本老太太忽然产生了一个护犊子的想法。

你给我听着,孩子,等你手术好了,教给我打游戏吧。什么吃鸡、逮猫、抓虾都行,咱一块儿打。这些年你太忙了,连游戏也顾不上打了。不是说,男人不打游戏了就快老了么?老太太不希望你那么累,更不希望你变老,就像你们怕我累怕我老一样。

在社会上,你是梁柱;可在家里,你是孩子。原谅我,今天真的挺没出息的哦!

如果我是晋朝的酒

如果我是晋朝的酒，或许《兰亭序》和王羲之会诞生在我沧州。

酒是太魔性的东西，它比马尔克斯笔下吉普赛人的冰块还魔性。冰块只不过让奥雷利亚诺上校一生迷幻并未迷失，而酒不是。评书人嘴里的"酒入宽肠，酒入愁肠"之论，小意思，不足言表，只想说说晋朝的那些醉。

永和九年，王羲之那场醉，醉出了中国文化史上一个绝美的梦。会稽山上兰亭里，曲水流觞。远处是崇山峻岭，近处是茂林修竹，一俯一仰，宇宙之大，品类之盛，纳于眼底心胸。无足有耳的酒杯，从倒映着蓝天白云绿树的泉水里，悠悠，又悠悠地漂流而来。

我就是晋朝的酒。

于是，王羲之等四十二位少长贤士，揽博袖，轻取杯，一饮而尽。我热了他们的喉咙和心血，他们捋髭须，奏丝竹，竞相吟诵。那时没有微信，也就没有"群主"这称呼，王右军是相当于群主的班长。他不能喝酒作诗了事，还把现场作的诗划拉到一起，提笔作了一个序。连他自己也不会想到，这个《兰亭集序》一火就火到用千年来计算。

那天，如果没有我，中国文史天空也许就不会有"兰亭""右军"这璀璨的星星。

其实，我特想从兰亭雅集那天，再往前穿越五十年，去到一个叫金谷的地方。不是金谷园的主人石崇是我的沧州老乡，是我真的觉得《金谷序》与历史擦肩而过实在遗憾。

先说金谷园。"金谷涧中，去城十里，或高或下，有清泉茂林，众果、竹、柏、药草之属，莫不毕备"，这舞台一搭，雅气自带，绝不亚于兰亭。再看酒宴。"昼夜游宴，屡迁其坐，或登高临下，或列坐水滨。时琴、瑟、笙、筑，合载车中"，乐曲环绕，席间宾客兴之所至，还串起座来啦。最后说诗。"各赋诗以叙中怀，或不能者，罚酒三斗"，酒后真情，以诗述怀，多富于感染力啊。最妙的是，不能者罚酒。世界上的"罚"，唯酒之罚为善，不仅善意，还是浓情。罚过三斗，酒下肚里，情聚心头，诗句能不成金？

不得不说的是，凡知道"金谷""兰亭"的人，都确定，金谷是原创，兰亭步后尘。然而，金谷终没有敌得上兰亭，王羲之五十年后在会稽登场，石崇和沧州暗淡了下去。

这些是我的错。如果我是晋朝的酒，我就让石崇只醉金谷。

石崇喝了不是我成为的那酒，结果一边为官，一边为匪，抢劫富商，富可敌国。腰粗了的石崇出气也粗，设锦帐五十里，跟皇上的舅舅王恺斗富。换做今天的说法，就是炒作，爆屏，唯恐天下不知。皇上赞助舅舅的二尺高的珊瑚树，价值连城啊，石崇一铁如意给砸了，眼睛都不眨一下，赔你个三尺高的吧。除了炫财，还占美姬，不就一个妾么，什么"绿珠"蓝珠的，放手不就得了，结果这个叫绿珠的小妾成了他生命的红灯，点燃了他久积的负能量炸药包。

"轰"的一声，石崇被自己炸得粉身碎骨。

我很忏悔，如果我是晋朝的酒，我只让石崇：酒——人——诗——肠。

连房玄龄都说，石崇是块材料"学乃多闻"，就算史学家不说话，《金谷序》往这一摆，谁能无视他的才气。

然而，我终究不是晋朝的酒。不仅我不是，世界上任是谁也不可能是。

站在一粒米上回眸

如果不是双脚踏在南运河谢家坝上，任是谁跟你说，从一粒米里能解读大运河，你都会把眉毛拧成一个大问号，这难道不是诗人们故弄玄虚的矫情？

然而，一粒米跟大运河的今昔彼此，铁铁地就写在史册——这是"史"，真的不是"诗"。

大运河不同于长江黄河。长江黄河从山上出发，一路向东，把自己拧成"V"字和"几"字。运河不是，它自南贯北，一气呵成，在华夏大地画了个"一"字。但不管"V"字、"几"字还是"一"字，都该是一支与天等高的巨笔，饱蘸了墨彩，深情写就。于是，神州便有了天赋的神韵。

大运河又跟长江黄河一样。水们滔滔滚滚，不管是向海，还是进京，千里奔赴，总会偶发脱缰之马的野性。一路北上的大运河，行至沧州谢家坝，遭遇了一个弓形，如同巨笔书写的一处铺毫。也许是奔波千里的单调，也许是抬望京城尚余百里的急躁，就在这里，屡屡地，河水尽要了性子，决口，决口，再决口。这巨笔之毫稍稍一铺，就时常散乱了过往船只的脚步，漫漶了岸边百姓的眼神。

　　清朝末年，岸边一个谢姓绅士，某个月夜一觉醒来，获了神谕般，由土堤想到了糯米。他究竟是想以南方米香，飨来自南方的水神？还是觉得舌头一样软的水，须以比水还软的米浆收服？历史永远无法知晓。总之，十车糯米，浩浩荡荡运来，一排排大锅支起，昼夜熬浆。

　　亮亮的米浆混了白白的灰和红红的土，夯实，夯实，再夯实，一层，一层，又一层。书本一样，叠成一道218米长的堤坝。

　　站在塞纳河边的雨果，曾经掷地有声地表达过这样一个观点，是书本摧毁了权威的石头！书本一样的堤坝居然真的牢不可破，成就了大运河铁底铜帮的传奇。从此以后，运河水成了庄周的秋水，"始旋其面"，收敛了霸气，和悦了言色，委蛇北去。

　　拈起一粒米当镜子，我想照出谢家员外那夜的梦。

　　谢员外是凭一位赤子虔诚入梦的——他应该听到了江南之水来到北国的心语，于是他想到了南方的糯米。谢员外应该是凭智者深思入梦的——中国传统，五行相生相克，阴阳相辅相成，他懂得和谐乃乾坤大道。谢员外应该是凭一个书者身份入梦的吧——彼时雨果在西方发表《巴黎圣母院》书与石头的逻辑，他在东方筑起了一道书一样的堤坝，并且，书真的就PK掉了石头。

　　几百年后的今天，青砖一样厚的《巴黎圣母院》仍是世界瞩目的名著，218米长的谢家坝成了世界物质文化遗产。

　　拈起一粒米当镜子，我还想仔细照照谢家坝。

　　渐渐地，渐渐地，谢家坝凝成了一粒米。之与1754公里长的大运河，巨龙一样蜿蜒游走，218米，谢家坝只能是一粒米。之与两千岁的大运河，横亘大地，历岁月沧桑，集日月精华，几百岁的谢家坝必须是一粒米。

这是一粒普通的米。

距离谢家坝不远，抬头就能看到，举步就能走到的地方，有一座氧生园。一万亩杨树林子，春天来了，披一身翠色衣裳，秋天去了，满铺一地厚厚的金子。氧生园里还长着一个人和一只鸟的故事。人救了鸟，放生时，鸟飞到高高的树顶上，频频回眸。那日，运河里，水静静地淌；天空中，云悠悠地荡。

这鸟叫大麻鸦，貌像鹰，声似牛，当地人的梦中神鸟。这人姓高，魁梧，帅气。在大麻鸦面前，这人只承认自己是爱心人士，而不是官员。指着脚下的土地，这高姓帅哥说，今天一碧万顷，曾经这里可是河水频频泛滥……

原来，这氧生园是长了在一粒米上。

站在一粒米上，我们必须做一个深深的回眸。

不由地，我想到了张岱的湖心亭看雪。碧空穹顶下，一脉河，一痕堤，一点园，一粒鸟；百里之外，渤海岸边，一痕贝壳堆成的堤，悄声地跟这糯米堤呼应着。

沧州南运河，中国大运河岁月里的一粒粟米。但是，的的确确它不普通。它既是真切的史，又是浪漫的诗。或许，历经千年酝酿，这史诗的字里行间，还蓄进了一语难以道破的哲思。

第五辑　水镜心

沿着河流回到村庄

　　村庄是河流飘来的种子，站在我们全国文明村小屯村史馆里，我这样想。

　　你做的这件事情，跟咱村前的黑龙港河一样。听我说这句话的时候，颜发半苍的村史官，望着我，眼神里是一团雾；在场的河北大学村史研究学者们，望着史官，话语里满是泠泠的水。

　　史官六十多岁，十八岁从老书记手里接过使命。村史七十多岁，从建国开始，有详细记载。黑龙港河多少岁，人们说不清，只说它从很远的山上来，一直向东流到大海。至于村子多少岁，史官跟我一样，曾经笃信山西洪洞县大槐树的传说。

　　"谁是古槐迁来人，脱履小趾验甲形"。我们这些村里长大的孩子，几乎都曾在某个午间或午后，门洞里或胡同口，围着做针线的白头发老奶奶，或抽旱烟的白胡子老爷爷，听大槐树的故事。之后，脱下鞋子，剋自己小趾上偎着大甲的小甲。于是认定，六百多年前，战争的火，镰刀一样一茬一茬收割了我们这里的人烟，比爷爷要老好多的好多爷爷，被栓着手，从那棵有老鸹窝的大槐树底下出发，来到了这里……

那时候，村子的名字是叫小屯么？人们是顺着黑龙港河来的么？我问过好多爷爷奶奶，没有人知道这个问题。

后来，翻阅跟黄河那黄沙一样颜色的史书，我知道了，曾经这里有一群比黑龙港河要老好多的河。徒骇、太史、马颊、覆融、胡苏、简、洁、钩盘、鬲津，一共九条，它们是古黄河的下梢，像记住乡亲的名字一样，我记住了它们。原来这里是九河之间，两千年前，是河间国的疆土。如果在某个秋日，站在河间国巍巍城墙上，手搭凉棚北望，一阵风拂过金子一样的田野，一定能看到我脚下这块土地上，银子一样的羊群在蠕动。

我的村庄傍河而生，她应该是古老的黄河从天上飘来的一枚种子。它不是六百岁，至少两千岁了，甚至更老。虽然那些两千年前的村庄里，跟着日头作息的很老很老的爷爷们，已经化作了黄土，但村庄即使遭了水遇了火，它还会像韭菜一样，逢一场春雨，就又生出一茬，一夜之间绿满了菜畦。村庄不死，并且我的村庄有过相当于今天北京皇城根儿的辉煌，那时我们村应该叫作京畿。

也许因为五行之中水能克火，注定九河的水，生生克服了那场焚书坑儒的秦火，那火差点儿烧断了中华的文脉，于是，《诗经》像涅槃的凤凰一样在这里重生。河间王刘德，博士毛苌们，搜求旧典，从来没想过"子孙帝王万世之业"，却接续了一条万世不竭的文化河流。在《诗经》这条河畔，我的村庄唱着"关关雎鸠"，跟夭夭的桃一样，"灼灼其华"。从某种意义上说，我的村庄，该是古河间国用《诗经》滋养出来的女儿，她不仅傍河而生，而且因河而贵。如今，她的周围安卧着献王陵、毛公墓，还有那座繁华了几世的河间国都城。

多次跟这位史官我的乡亲谈起这些，他的眼神里总是先跳跃一簇簇骄傲的火苗儿，之后就是一层灰暗，如冬日里的霾。在我国，男人大都生来就怀里揣着寻根的情愫，肩上扛着传脉的使命，他们觉得唯有根脉才是祖祖辈辈气息接通的暗号。

他是我的老乡亲，我读得懂他眼里那层霾。几十年来，旗帜一样让人们仰望的村子，会不会有一天突然老去，就跟如今埋在高速公路下的河间古国的都城一样？

七十年代起，他的记忆和村庄，都跟春天的柳一样张扬。全村实现火化、沼气入户、草编、补花等集体工业纷纷扎根，县、地区、省里报道，参观学习的人们，脚印一层层地叠成了一本本书。将要半个世纪了，村史馆里，收纳这些脚印的一沓沓纸发黄了，变脆了，像他一样的人们，头发变白了，脚步变迟了，而村子跟年轻人的腿脚却越来越轻快了。似乎是眨眼功夫，年轻人走得越来越远了。京津冀已经收拢不住他们，上广深，他们常驻，云贵川、黑吉辽，他们抬腿就走，甚至飞欧美、迪拜，还有地球那半边的澳洲、新西兰，他们就跟串个门似的。

年轻人跑啊，飞啊，村子也在年轻人的节奏里转啊转，老史官的这支笔终于力不从心了。对于年轻人来说，城市是他们的久居之地，村子成了年节休假的驿站。他们的孩子，操着普通话，出现在村口的黑龙港桥头时，村子打量着他们，久了，就会从眉目里辨出是谁家的孙儿。而孩子新奇的目光里，这个村子无异于某个夏令营冬令营出游的场景，只是从父亲的嘴里知道，这里有爷爷，爷爷的爷爷。

十几年前，新村的楼房开始像菜畦里的韭菜一样疯长起来，老村的平房跟村后的老枣树林就矮了下去了。曾经让村子火火腾腾叮叮当当的牛羊鸡狗、犁耙绳套，腿脚太拙，上不得楼，终于进不得家门了。场院里先是跟着骡马跑，后是跟着拖拉机颠的老碌碡们，每个毛孔里，都是蓄满了黍麦豆谷的灵气的。如今，它们戳在老村屋前或土台子上，看有车驰过，静默不语。天暖的午后，偶尔，有拄着拐杖的老人走来坐下，跟它一起发呆。

莫非跟当年九河水克秦火一样，楼房把屋子撂起来，就注定了土地被冷落？离开了土地的农民，还是农民么？现在候鸟一样四散在各地的年轻人，会不会有一天成了城市喂熟的鸟？然后，随着老人们的纷纷老去，村子会不会像倒空的布袋一样瘪下去？再然后，村史馆这一屋子写得密密麻麻的书纸，会不会随着老人们化成了黄土？许多年后，有一天，会不会有个孩子忽然想起村庄，却再也找不到回家的路？

这才下眉头却上心头的霾，不独属于老史官一个人的，真的。

当河北大学学者们宣布要把村史档案电子化的时候，老史官的眉头像出了寒冬沐了春风的河水。

你做的这件事情，跟咱村前的黑龙港河一样，我又说。我的乡亲史官摇头又点头。

地方水志记载，黑龙港河是子牙河的支流，经子牙河入海。子牙河上游是滹沱河，滹沱河古名虖池河，它就来自山西。我想，今天如果沿着黑龙港河逆流而上，我们就能够回到六百年前的老槐树下。六百年后，沿着电子村史，四面八方的孩子们一定能回到村子，况且，我们还有《诗经》这条坐标不变的河。

正如有了九河的脉搏，河间古国不会遗失一样吧，黄河，尼罗河，恒河，幼发拉底河、底格里斯河，她们的村庄，也都有着自己强大的基因——因为村庄是她们一路走过撒下的种子。

岁月本来的面目是一架魔幻的淘洗机，所以，村庄的模样是一直在变的，或高或矮，或胖或瘦。但破译了河流染色体密码，我们就会明白，不管如何变幻，村庄不会老去。

想井

　　井走了，要知道他的样子，只能靠想。

　　我是村里长大的，想井，想跟他的过往。不是大家，我没有高远的站位。比如，梭罗眼里，水井独特的价值在于"当你向井底张望的时候会发现，大地并非连绵的大陆，而是孤立的岛屿"。

　　起初，我跟井的关联只一个字：水。

　　小时候，我家规模很大的。祖孙三代人，一群鸡鸭、两头肥猪、一条狗、一只猫，后来多了一头牛。每天几十张嘴，眼巴巴儿地等着水，更何况篱笆里种了菜，窗台下种了花。

　　天不亮，父亲就起床。用网络流行语形容，"不是太阳唤醒了你，是生活"。父亲摸索着卷根旱烟点上，吧嗒吧嗒抽着收拾担子。扁担光滑锃亮，在南墙上挂着，父亲起床，它就醒了。抽着烟，不用扶，扁担在父亲肩头稳稳的。扁担清楚它的落点，专属的，跟我吃饭坐的小板凳似的。父亲挑了水往回走的时候，旱烟掐灭了，天亮了，扁担炫宠似的颤悠。两只桶里，漾着碎银子似的晨晖。

水挑回来倒在缸里。我家水缸有三个，棕红的，釉子最亮，菱块花型，盛甜水，从村外的洋井挑来的。这水，喝着甜，洗头发滑溜，奶奶说，这水皮子软。但熬粥不行，起坨子，糊嘴。黑色的，釉子也亮，平面没花，盛范家井水。这水不甜，但熬粥恰好。灰色的缸，粗糙，沿上一个裂纹，把着个大铁铞子，盛苦水。奶奶说，这水皮子忒硬，刺嗓子，洗手发锉，刷锅喂鸡猪浇园子行。

有时候，我发贱儿，尾巴似的跟着父亲挑水。

跟得趟多了，我发现了一个秘密，范家井离家很近，就在前台子上，苦井要穿过两条胡同一条街。我问父亲，咱家鸡猪们爱喝苦水？父亲把我举起来，让我跟扁担一样坐在他肩膀上，说，这是规矩，范家井的水是吃的，不能糟践。咱家挑多了，别人家就不够吃。

坐在父亲肩头，眼睛跟父亲一样高，忽然感到能看得好远。

去村外挑洋井水受限制，如果不浇地，开洋井就选一个响晴的下午。男人往家挑，女人端着大小盆、搓衣板，衣服、拆的被褥，散开头发，去井房洗。在我的印象里，洋井就是红砖房子。水从一根粗管子流到屋外的池子里，水花四溅，像水做的树。女人们围着舀水，像围着一口大锅。洗了头发，梳顺晾着，木梳子头发上一簪，搓板子盆里一架，噗噗噗，雪白的泡沫飞起。太阳底下，孩子们，一瓶洗衣粉水，一根苇管，冲天吹，满天的七彩泡泡。

我长到父亲肩膀高时，父亲给我做了一副小挑子，小扁担，小水桶。我不敢站到井沿上，我不会拽着扁担钩汲水。父亲说，脚生了根，滑不下去，祖祖辈辈挑水你见过几个掉井里的？手腕匀实抖几下，桶扣下，打得满，不脱钩。

学会了汲水，我挑起了父亲的挑子。大扁担又亮又颤，太诱人。个子矮，把钩子挽一圈，满桶挑不动，挑着半桶，也觉得威武。

莫非跟我长高了，奶奶变矮了一样，我能挑起父亲的扁担时，井里

173

的水皮子矮了，须在扁担钩上续一段绳子才够得着，半截街排队匀着挑水。住在胡同口一抹山羊胡子的范姓爷爷，不挑水，每天围着等水的人群转。最后，爷爷说，淘井吧。

　　本来，井是一两年淘一次，淘出淤阻泉眼的泥，井水明澈，长得快。老少爷们一招呼，俩年轻人下到井里，井沿上围着一圈，接力似的，倒水，倒泥。水不多，泥也不厚，零星地捞出几个扁担钩子。没有赶上插手干活的爷们，忙不迭跑去联社买几包烟来，给大伙分了。叼着烟，老范爷说，日本子跑的那年，我淘的井，淘出甜瓜手雷，财主家扔的匣子，东西多，泥厚，淘完那水嗞嗞地长。这几年不看好，实在不行，顺着这脉，在台子下边挖一口吧。

　　后来，真的在老范爷的指挥下挖了一口新井。新井上水那天，老范爷跟老井蹲在台子上，瞅来往的人。老范爷说，老井多大他不记得，但新井撑多久，他算得出。终于，新井在老范爷去世前就枯了，跟新井一块枯的还有苦井。

　　没有了井，村里修了一条暗渠，把洋井水引到村边一个大罐里，放水敲钟。去罐里挑水，全然没有了井沿上脚站稳、腕晃动的英气了。

　　井走了，我也离开了村子，许多年轻人也相继离开。进城的，出国的，读书的，经商的。村里的人气也跟井水似的瘪了下去。偶尔回乡，我们会聊起井，可年轻人没有井的影像，他们更熟悉动漫大片。前些天，我高三的学生读诗"登高万井出"，居然不知道"井"指村落，他们没办法把"井"跟人家连起来。

　　前几年参加省市组织的南水北调采风，站在一个水站出口，看到从千里箱涵流出的长江水，我想到了井。这是井的复活吧？他们都用水作纽带联系着生命啊，只是一个竖直向下联系古今，一个横卧南北联系你我罢了。

　　那一刻，我悟到，其实井跟我关联不仅仅是水那么简单。那年隔壁妹妹顽皮倒着走路，掉进了范家井，捞上来，她毫发无损，坐在地上笑。老人们说，咱井不馋，善性，里面有老龙王驮着。当下，她母亲冲着井磕了仨响头。

我想，井就是一位长者，一直在借"水"跟人对话。井沿上，俯身站稳，手腕抖动，点击了他灵魂穴位，水就汲上来了，这该是他对人的恩赐和谕示。镜子一样，他记得祖祖辈辈的面孔，熟悉人们的足音。那些年，人们离开村子谋生，叫"背井离乡"，井是家，是根脉。喝同一口井水长大的，音相通，气相凝。如今，走出村子叫"出去了"，不仅荣耀，还不无了断的轻松。

昨天读到一个文友写的一口"盘古井"，很是触动。以一口井为触点，散开去，挖掘出了一座古镇的血脉。盘古井，几百年还在，不像范家井，填了，被压在房底下。选个时机，我想去看看盘古井，就像瞻仰我先祖挂在墙上的像。

这么多年，我想井，但没梦见过。老家有说法，过世的老人如果不叫子女梦见，有两种情况，一种是放心子女，一种是伤心子女。井是哪种原因，我倒不在意。我只怕，井走了，脉断了，捆着人心的绳子会松。

井，比我，我的父辈祖辈，年岁都大好多好多，他来过，只把水留在我们生命里。究竟他要告诉人们什么，我实在没办法读懂。

我，想井。

运河波隐杏花船

清初学者、藏书家、篆刻家胡介祉先生，生卒年月不详。这天他乘船走到沧州冯家口码头，见岸上杏花接天，把船泊下来，效仿杜甫笔下沙窝鸳鸯，枕着离情，浸着缱绻，蜷起身子睡了。

这一觉，他睡出了一个粉红的梦，把满世界杏花跟春天一起装上了船。

是杏花招惹，还是公子多情？在兵马啸啸的运河上，镖不喊沧的习武之地，竟生出了这般温情软慊？

人们知道的大运河，总是跟征战相关。

它的诞生跟三皇五帝之首伏羲异曲同工：伏羲是母亲踩了巨人脚印而孕，运河是吴王征服了楚越，欲雄霸中原而凿。巨人脚印、雄霸天下，都跟儿女情长无关的。

再看它的成长。隋朝定都洛阳，杨广登基，年号"大业"，一出手刷了史上最牛一道大旨——万民皆兵，万个日夜，通南北水系，名之"永济"。运河疏浚那天，这位征伐定天下的皇帝，一定在祈愿此河永续，助我大业。

"只识弯弓射大雕"的蒙族入主,把大营帐扎在大都北京。喘息略定,手搭凉棚,他们注目于江南粮仓。运河,还是运河,大幕渐起,运河之父郭守敬出场。截弯取直,重心北移,甩下洛阳,直通北京,名之"通惠河"。浩浩荡荡的船队,梭一般来往,盛大了中华史上疆域最大的王朝。

……

人们忽略了,其实,运河是一位不止有铁血,更是有柔肠的英雄。

它的开凿之祖夫差,就曾为红颜所蛊。西施是一朵盛开的花,连鱼儿都慑服了,何况蜂蝶?夫差翅膀一面是雄鹰,另一面是蝴蝶,开挖运河的第一锹下去,运河水里便丝丝缕缕游荡了花的血脉。

于是,沿岸,藤子结瓜一样,从苏杭过南京到北京,悄然诞生了罗贯中、施耐庵、吴承恩、曹雪芹,和他们的《三国演义》《水浒传》《西游记》《红楼梦》。原来,千百年来,大运河流淌的是水,驶过的是船只,载起的是绚丽浪漫,是永不凋落的文化,一如迎风而放的杏花。

红楼里有一场群芳大宴,牡丹、芙蓉、海棠……竞相争妍,独有杏花,曹先生谓之"瑶池仙品"——日边红杏倚云栽。这朵倚云而栽的红杏,不独独开在满是脂粉女儿的红楼,到处是阳刚杀气智勇PK的三国里,貂蝉就是那枝:"好花风袅一支新,画堂春暖不胜春"。这风中袅娜的好花,就是"梅花已落杏花新",是梅花谢幕那份最新的姿容,她袅娜着喧闹了中华诗词殿堂。

公元2019年3月,北京,徐则臣发布了他历时四年完成的《北上》,这是他沿着运河的一场寻根之旅。五月,北京,历时八年的音乐剧《天地运河情》上演,皇帝乾隆、美女芸娘、画师冯生,情意婉曲动人……

杏花一样粉色记忆,在运河水波里,从来没有断过。

陆游们在诗人王国里,把杏花放到一枚系了丝线的篮子里,拿到深

177

巷里去卖。运河的杏花太盛，须装到船上，顺流而下。旺水期有水承着，枯水期时间载着，如或明或灭的灯火，一直都在，从来没有发生过沉船。

这史上没有生卒年月记载的胡介祉先生，也许就是醉在这条杏花船上，再也没有醒来。大概跟那位桃源的武陵人有着相似的传奇，那条船应该还泊在我们沧州运河冯家口码头吧。

绵绵秋雨里，自有单桥痴

雨，淅淅沥沥下了一夜。早上起床，仍然时疾时徐，断没有半点儿要停脚的意思。本来跟文友约好的去省城会一个文学评论写得极佳的朋友，然后听一场文学讲座的，只好长叹一声，作罢。

要知道，这个朋友我们是约了好久的啊，她在写一个大型的报告文学，南下广州，北上首都，又闭门谢客多日安心在承德写作，她只有这天是个空闲啊！要知道，这场文学讲座也是我们心仪已久的啊，主讲李浩，酷爱卡尔维诺、马尔克斯，作品译成世界多种文字的小说家，《N个国王和他们的疆土》刚刚出版，创作势头涨潮浪头一样无以遏制的小说家；除了李浩，还有大解，用魔幻手法写另类小说《傻子寓言》的诗人……

最终，我们取消了，天气预报说，这是一场台风雨。

抬头望天，云乌乌的，沉沉的，像随时可能跌在地上。侧耳细听，鸟声像潜水者呼出的气泡，来不及成串便融在水里没了踪影。

朋友圈里，翻看到种桥的匠心人每日早间心语，我想起了单桥，随手丢了一句"不知道雨里的单桥是否在凝思，想去看看她"。他立即回复说，我刚回来，你去吧，对了，开发队伍才挖出来一口老井，顺便看看她，给它起个名字。

开车奔往的路上，雨挺密，车不稠，思绪忽然对接了我那个明朝偶像。寒冬腊月，大雪三日，人迹无，鸟声绝，半夜里心血来潮，穿上皮衣，喊醒书童去湖心亭看雪："湖上影子，惟长堤一痕、湖心亭一点、与余舟一芥，舟中人两三粒而已"。天地之间这"一痕""一点""一芥""两三粒"，不是文字，是图画，又远远胜过了图画，绝美，美到令人窒息。而图画外面，站立着的是一个顶级大"痴"，不然何以那么大的雪后，那么晚的时辰，去那"一点"的小亭子，把自己变成一颗粟粒呢？

想到这个，很想给那匠心桥痴打电话，化用张岱话"莫说相公痴，更有痴似相公者——吾也"，然后自我调侃一番，如此台风雨天割舍不下一座桥的，是不是可以称作"顶级桥痴"？

车，如一匹识途老马，把我带到桥北广场。还未来得及泊车，我就被惊到了。大大小小那么些车，卸了鞍子的马一样在桥尾待着。除了冀J的，还有冀A、冀B、冀R、冀T的，居然还有晋、鲁、豫的。他们是穿过雨的阵脚封锁连夜赶来的，还是早就埋伏着突然冒出来的呢？

拎着雨伞，并没有撑开，我走近了一群年轻人。

高低三架摄像机，四把伞笼着，他们在拍电影。伞外，一个黑衣、微胖、脚登高筒户外鞋的年轻人，举着长脖子喇叭在喊。桥上，一个粉衣、长发、两腿颀长脚踩白鞋的女子，撑把艳红的伞走走停停。她袅袅娜娜，脚步不似走在石头上，像走在诗行里、乐谱间。时而低眉，纤纤玉指触摸望柱石猴的面庞眼睛嘴巴，从这一只到那一只；时而斜倚举首，眺望天空似有鸟飞过的远方……

四周是浓雨淡雾，身旁是一线栏杆，脚下是深灰浅亮的石头，红伞女子像仙子，单桥拱起脊背，如一只待飞的巨鸟……

　　站在一旁，我只默默地打量着，不打扰他们一点点思路。跟从没在意雨的存在一样，他们也丝毫没有在意到我。无意中，在摄像机上，我看到贴着的一张纸条"指北星摄像"。我不知道"指北星"是摄像机的牌子，还是他们团队的名字，只是机械地想到了北斗星。它是在北天的七颗亮星，名字叫天枢、天璇、天玑、天权、玉衡、开阳和摇光，摆列成一个勺子形状，没有导航的千年里，它帮助所有迷路的人找到方向。

　　仍然拎着伞，没有撑开，走上桥的另一边。一群老人站在自家地头儿看收成一样，看桥，唠嗑。我明白，找到他们就等于找到了那口老井。

　　仅一眼，我就认出了那位义务讲解员秦师傅，他个高，肩阔，嗓音亮，背挺拔。十几年前单桥还没有开发时，我就认识他。那时，我总来桥上转，几乎总是碰到他。他给我讲刻在每一块栏板上，跟装在每一条胡同里，关于单桥的故事。从来没有问过他的名号，只知道他姓秦。不问也罢，本来秦姓是单桥村大姓，让他做一个村民的符号也好。

　　抬手，秦师傅把老井指给了我。他说，他七十岁了，老井比他要老，比他的父亲祖父还要老，老井多少岁，他真的说不清。他只知道，老井的故事能装满一井筒子。比如，有小孩子顽皮掉进井里，井水就跟炕头一样托着孩子，被打捞上来的孩子，跟串了一趟亲戚回来似的高兴，一点儿也没有恐惧。孩子的爹娘就包了饺子，拽着孩子，到桥头石头老婆那里上供，磕头，让孩子认石头老婆干娘。最神奇的是，据说桥北有个双目失明的老人，其它活计需要别人帮忙，唯独去井台汲水不用。老人拎个罐子，罐子上栓条绳子，从深深的胡同里出来，没有盲道，不依靠拐杖，一步一步走到井边。几十年，不管是雪天雨天，老人从来没有一次滑脚趔趄，更别说失足落水。人们问老人，怎么就汲水比有眼睛的还利索？老人说，是老井老在耳朵边上告诉他怎么走的。

　　老井用钢筋围了，显然要修建台亭。老秦仍然嗓音亮亮的，宝刀不老。

远处，栈道、台阶上，三三两两撑着伞的人在走。雨里，草草木木绿得饱饱的，能拧出水，滴出汁。龟形的乐寿山，抻着脖颈，对着汪汪的河水跃跃欲试。侧耳，没有蛙鸣，莫非传说的耿家坑蛤蟆不叫，已然感染到了这河里？

　　我离开桥的时候，人们没有离开，而且越聚越多。老秦说，一会儿清华大学的要过来考察呢。

　　雨依然在下，没有任何缘由，忽然觉得，雨这拉长了的脚步就是单桥四百年的时光。多么巧合啊，顶级雪痴张岱湖心亭看雪的那个夜里，京南三百里进京御路上，这座石桥正在叮叮咚咚地卸船，凿卯。

　　四百年前，那位雪痴，饮罢三大白离开，背影里蓄满了孤寂寥落，因为如他痴者，仅金陵人耳。四百年后，善人石桥上，绵绵秋雨里，为桥所倾者，非独吾辈也。

　　回城途中，我拨通了匠心桥痴的电话。告诉他，今年秋天，桥痴跟雨一样多哦。我想，这正是这个顶级桥痴想要的。每天都要在桥上走几圈，舞着翅膀一样的长臂，头雁一样带着人们开发这座桥的他，挂在嘴头儿的一句话就是，单桥是我们的，更是全国，全世界的。

　　至于老井的名字，我还没有想好。也许某个雨天或月夜，忽然就有灵光闪过。那个名字，一定是沟通古今，为天地所允的。

站在平子读书台前

　　无论谁站在平子读书台前，请慎称大师。平子曾经为相的河间国有句俗语，别随便说大话，小心风大闪了舌头！这风闪舌头而不是脸，应该是闪舌头更能让人走心。

　　平子何许人，咋如此大的场？他，东汉大家张衡。

　　先看他第一个名头儿，汉赋四家之一。

　　跟司马相如、扬雄、班固几位大咖比肩。司马相如，落魄之时，凭一曲《凤求凰》博得白富美芳心，卓文君凝雪皓腕，与他当垆卖酒，这是大风流，更是大才华的实力。扬雄，刘禹锡是他的铁杆粉丝，《陋室铭》里，他的"西蜀子云亭"风格高标。班固，大史学家，《汉书》敢与《史记》争锋。人以群分，张衡的《二京赋》《归田赋》从东汉出发，越魏晋六朝，一条射线红得有始无终。

　　于是，他的名字刻进文史巨册，熠熠生辉。

　　再看这一波名头儿，天文学家、数学家、发明家、地理学家。

　　地动仪，蹲坐的八个蛤蟆仰头，张嘴，对着八条口衔铜珠的龙。若逢了地震，所指向的龙便吐出铜珠，落进蛤蟆嘴里。

浑天说，不要模糊。知道"天似穹庐笼盖四野"么？在古代中国人眼里，天是一口大锅，盖在地上的。到了张衡这里，他宣布"天之包地，犹壳之裹黄"。地，一枚蛋黄似的，被包裹在天的里面，天地浑然一体。

牛车马车年代，没有望远镜雷达啥的，他用思想飞，把别人看上去方方正正的大地，硬生生想成蛋黄一样的球。也许他是用诗赋思维，洞穿了别人难以看到的地外天间——他是诗人天文学家。

哥白尼，提出"日心说"的大腕级别天文家，为全世界仰视，但他比张衡晚了一千四百年。所以，平子不仅仅属于中国。月球上的环形山，中间凹下去，四周高起来，如一个个无敌锅霸。月亮背面有一座就叫"张衡环形山"。除了这个，太阳系里面还有一颗行星也叫"张衡"。

……………

这次，他的名字一下子挂到了太阳月亮上，与天地同在。

平子逝后，读书台遍生。他的墓旁边有，曾经为官的地方也有。范晔的《张衡传》里没有记述他读书的神情，只白描了两笔他的为学为术："精思"，"致思"。作《二京赋》，他"精思傅会，十年乃成"；于天文、阴阳、历算，则"尤致思"。

他文理悉收，肋生双翅，站进史册，飞到银河，读书台是他登堂入室的梯子吧。他一定不是把读书当风景，因为读书是他铭进灵魂的信奉。

真大咖站在不远的高处不说话，你看，杂牌军大师却潮水一样涌来。人说世上有三百六十行，如今的大师何止来自三百六十个方队？挤电视，上报纸，刷网络，一个个煞有介事，好不热闹。

对着这嘈杂的世态，特希望有一个交警，站到路口，把人们导引到平子读书台前。平子读书台何在？京南三百里沧州就有一个，石黄高速河城街口西侧五十米，一大片春青秋黄的杨树林间。两千年前，这里是古河间国都城，《诗经》《左传》等好多经典从这里复活。

平子读书台的风，没有腿脚，但有眼睛，它认识人的舌头。

不管谁，盲目膨胀了的时候，请站在平子读书台前来沐沐风。

聆听水语

走过南水北调石津干渠,在一个静如水、梦如水的夜晚,我努力让自己静下来,用心触摸水的脉搏,仔细解读那千年的水语。

"蒹葭苍苍,白露为霜。所谓伊人,在水一方。"美丽的爱人美丽的水,水和爱人难分彼此,相映成美丽的诗行,一传就是千年。"我"是在追求美丽的爱人,还是追逐的那妙不可言的水?"我"执著而甜蜜地"溯游从之",由"水中央",到"水中坻",再到"水中沚"。这是最本真最美丽的爱情吧?从某种意义上讲,这寓言人类与水的一场伟大的恋爱。那位"好逑"的君子"在河之洲"率真的追逐,溅落的水花打湿了一代又一代的记忆;那群清纯的媛女,于江南碧湖尽情地采莲,"巧笑"顾盼的"美目"中流动着的尽是晶莹的水波。人与水的故事,应该"执子之手,与子偕老"。然而,在雄奇的燕赵北方,时今却成了一场缺席的恋爱——美丽的爱人美丽的水,如同那"爱而不见"的静女,让我们手足无措了,让我们生生地成了一场苦苦的单恋。

在这个静如水的夜里,疲惫的人们都睡下的时候,我听见水在说:

亲爱的人啊,这些年你已经变得不可思议,与其说你在与我恋爱,不如说你在深深地自恋。为了达到你的目的,毫无节制地采掘,肆无忌惮地污染,漫不经心地浪费……慢慢地,你又从自恋演变成了虐恋,把我变成了满足私欲的工具。我失望了,你自私,你只爱你自己……

惊鹊别枝,我听到了水的啜泣。她吟诵着似乎与恋爱无关却与生命至亲的警示。我亲爱的人啊,你可以不爱我,但是你不应该不爱你自己。我们水啊,其实是人类的血液。还记得华夏始祖盘古么?开天辟地后,他把自己的身体奉献给大地。在他倒下去的刹那间,左眼飞上天空变成了太阳,右眼飞上天空变成了月亮,汗珠变成了地面的湖泊,血液变成了奔腾的江河。水——血液——生命,我是来自千古的生命温情。难道忙碌的人儿没有觉察,我的灵动就是因为我心底里泊着人类的生命?你虐恋我,实质上等于抽干咱后代子孙的血……

半个多世纪前,那位曾独立橘子洲头,叹"湘江北去"的诗人,就发出了美丽的畅想:"南方水多,北方水少,如有可能,借点水来也是可以的。"十年前一个北国冰封的日子,国务院挂出了"南水北调工程建设委员会办公室"的牌子。

饱含柔情的水感动了。她从丹江口出发,带着长江的憧憬,记着大禹的嘱托。烈日下,一顶顶黄色的安全帽与日争辉,如雨的汗珠折射出无数个太阳;风雪里,四处飞溅的焊花,映红了汉子们坚毅的脸,跳跃成热情如火的乐章。一路上,她听到了成千上万移民的泪流:安土重迁的人们,含泪搬离热土,泪水从沧桑的面颊淌下,洒落在氤氲着祖辈父辈体温的土地上,砸出了如洪钟大吕的声响——他们万般不舍,却没有一句怨言,因为他们心里装满了对北方兄弟的大爱。水被那些不再自私、不再自恋的人们感动了。

我站在古老的滹沱河畔,想告诉那位美丽的人儿,挚爱着你的我们,给你编织了彩虹的梦。从丹江口到北京,从黄河到滹沱河,你要作四次彩虹穿越。你穿越的彩虹不在天公，而在地母。

　　我望着百里的箱涵，想告诉你美丽的人儿，挚爱着你的我们，启动了迎娶你的专列。箱涵一节连一节，蔚为壮观。更神奇的是，这专列不是驰骋在地上，而是穿行在地下七八米。我相信这浪漫，已然超越了当年"青雀白鹄舫，四角龙子幡。婀娜随风转，金车玉作轮。踯躅青骢马，流苏金镂鞍"的豪华。

　　月亦如水，风亦如水，我听到了水的心跳。美丽的水啊，请接受我们的表白吧：千年前，祖先开凿了京杭大运河，把物从北运到南，运河号子声声响彻苍穹，浓墨重彩的一笔灿烂了中华文明。今天，为了子孙万代，把水从南调到北，续写着运河生生不息的史诗。

　　静夜，用心倾听，与水对语，我读懂了大爱。

生命之约

初冬的暖阳，点点的卧雪，河畔摇曳的丛苇。

站在南水北调沧州境内代庄分水点，望着金碧分明"合处如引绳，不相乱"的两条水，我忽然觉得，这不仅仅是一幅画，也不仅仅是一首诗，这是一场传奇的约会——伟大的生命之约。

金色的泛着阳光的那条水，来自长江，自南向北，千里奔波。碧色如玉晶莹剔透的那条水，来自黄河，自西而东，十几年的辗转。她们在这里，华北大地上的一个小城沧州，温情地牵手。是什么让中华大地两条最大的河流之水，穿越时空在这里比肩？是什么让沧州这个小城尽享了两大水系润泽的幸运？是生命的召唤。

听，黄河水在说——

十几年前，我附耳在地，听到了高高低低的声音。先是壮汉们合力打压水井的号子声："嗨哟——""嗨哟——"，扯破嗓子的号子冲上天去，十几米的铁管钻进地下，汉子们的汗水和着水井汩汩的细流一起淌入田野。夏夜和秋晨里，一度飘荡了汉子和庄稼们的笑声。接下来是机器的轰鸣声。华北地区连续干旱，人工井远远无法探寻到水的脉搏。机器们来了，大大小小，远远近近，嘶嘶哑哑地呼喊着，更粗更长的铁管向地下钻去，再钻去……人们焦虑了。机器轰鸣的间隙里，夹杂着人们的叹息。与那叹息声一起撼动我心弦的，是烈日下那禾苗、大树以及虫儿们的呻吟。于是，我来了！

听，长江水在说——

千里之外，她接到了旨意：远赴缺水北方，造福万代子孙。她知道，那个叫作北方的概念里，有万万千千生命的渴望。他们日里念念着今生的用水，夜里担忧着子孙的明天。她来了，从丹江口出发，顶着旭日，戴着晚霞。来的时候，她左手撷了雪山纯澈，右手擎了水父大禹的嘱托。她梦想着，北方有一天也变得和南方一样：燕雀们檐头弄巧呼晴，闲者们画船垂钓，静听雨眠；兄弟们与江南"五月渔郎相忆"；姊妹们同样"垆边人似月，皓腕凝霜雪"。她笃信着，她的梦想一定会实现。因为临行时，那么多江南移民扯着她的手，交给了她那么厚重的希望；一路上，那么多建设者们耳提面命，给予了她那么高的热情……

她来了，她来完成一个约定。凝目，我看到了水花间嬉戏的水鸟像一朵美丽的花。侧耳倾听，那水的舞步与青麦们的呼吸，浑然一气，难分彼此。端详着红掌般的苇花，同行的散文家大洼北夫老师说，大洼的芦花已经飞尽，只待冰封收割。何以这里的一丛丛还在坚守？是醉于这动听乐章，还是等待最美的时刻？

大浪淀青波如镜，荧荧晃晃，静对着碧空万里。水鸭、鸥鸟、黄白青绿，滑翔起落，潜水悠游。远处的杨柳们，疏疏淡淡地把大淀围拢了，像极了中国半工半写的水墨画。这土生土长的大浪淀，她的怀里揣着的全都是咱沧州人与水的故事。九十年代，世界上最缺水的国家是以色列，咱沧州人均水量，还不及以色列的一半。沧州水量较之全国，九牛不足一毛！不仅如此，咱沧州的水基本上都是"高氟水"。世世代代饮用高氟水，黄斑牙成了沧州人的名片，缺钙骨折成了中老年的通病。黄河水来了，树多了，鸟稠了，人笑了。长江水也来了，天更朗了，气更清了。

大淀的那边，隔了杨柳，还有一条叫运河的水流过。她流过沧州，不止自千里之外，更是在千载之前。那里曾有河灯百里飘摇，那里还有号子千年在酣唱。沧州啊，你可知道，你是大自然的宠儿。泱泱华夏，敢说哪座城市，同时受用着长江黄河的宠爱和大运河的荫庇？沧州的生灵万物啊，你们的生命没有理由不绽放。

俯身，跪地，我双手掬起一捧这大淀之水，清波里映满了金阳。一口饮下，我的每一根神经都甘甜清爽。在每一个细胞上，我写上了感恩。让我们感恩这场历史上最壮观的生命之约吧！

秋雨中有槐花陨落

连续几天的秋雨过后，居然院子里落了满地槐花！

开了的像银蝶，没来得及开的像翠珠，被漫地的雨水漾到院子的各个角落，船儿搁浅般在这里那里呆着。走在院子里，我不忍随意落脚，怕踩疼了她们。

无数次见落槐，无数次跟她隔风隔雨对望，没有哪一次像今天这样，心在隐隐地痛。在我眼里，槐落是有声的。虽然是落，但那声音一点都不悲，不悲切，也不悲壮，就像一首曲子，因悠然洒脱而美妙。她萌动在暮春，绽放整个夏天，那是应该属于她的季节。

曾经，她眸子渐明的时候，对着她，我举起绑着铁钩的长杆。一串串，像一只只鸟一样，她从浓碧的叶间滑下。捡到篮子里，晾干了，卖出去，那是我们姐弟一笔数目可观的学费。后来，我们长大了，一个个学业有成离开了家，父亲把槐种到门前，每到槐开槐落的季节，老人便坐在花里等我们。

槐啊，你应该是落在盛夏！你落的时候，背景应该是此起彼伏的蝉声,在那场大乐中,你是跃动的音符。如果你是小船,在蝉声这条江河里,无论航行还是停泊,你都能到达心的彼岸。在你应该落下的季节,世界是热的,她给你铺垫了足够厚实的情意,承接着你。噼里啪啦,你恣意跃下,这个世界舍不得摔疼你。即使是暴风骤雨,那风雨也是温的。

伫立在树下,搜寻着。花穗儿不密,一如这秋雨过后路上的行人。穗子上花儿也不密,如情人间情绪受阻的对话。雨洗过,没有些许的尘垢,但不见神采。一阵风过去,我打了个寒颤。裹紧了风衣,想起天气预报的气温骤降十几度。鸡皮疙瘩从头脸到手臂席卷了我,花又坠落一些,飞机失控般,栽到冰凉的水泥地上。

我的槐花,我不想问一句,你冷不冷,疼不疼。我只想知道,你为什么开在深秋?是什么诱惑了你,让你在秋天作这么一个春天的梦?或者你哪根神经搭错了吧,不然你为何毅然走进了这场挑战?

怡红院里,宝二爷门前,应该三月盛开的海棠,把自己错放在了十一月。尽管那株海棠努力把自己的粉艳举得至上虔诚,还是招来了老老少少的猜疑不安。终于厄运随着花落进了贾府。与时悖谬,就是逆天,冬日开放的海棠成了这个百年望族的魔咒。诗社已去,公子不再多情。哗啦啦,是贾府这座大厦倒塌的声音,更是海棠花落的巨大回响。子霑先生随手一抛,一个谜语迷离了几百年。

小时候,麦收过后,捡拾起泛香的麦穗,我曾痴情地把麦粒种进土里。我不是不知道麦该在秋天播种,经冬历春收割。我只铁定认为,夏天的太阳更暖,夏天的雨水更足,有了太阳和雨水,麦不应该不长!我种下的麦,很快发芽了,迅速长高了,最终没有结一粒麦,长成了草,凌乱地薅了,喂羊。小脚奶奶拄着拐棍,把地敲得咚咚作响,跟老天爷拧劲,哪有你好果子吃!

其实,这场秋雨下得也超常,超常的大,超常的长。寒露季节,这雨竟然连续三天三夜,一股劲儿泼洒,城里的街道成了湖,汽车成了冲浪的舟。更出格的，两百里外竟然下了雪。这雨刚来的时候，滴滴哒哒颇有些诗意。朋友圈里，酝酿了一条诗龙。开始是"秋雨滴滴哒，围炉诗酒花"的雅兴，接着是"秋雨滴滴哒，举杯连干仨"的调侃，最后成了"秋雨滴滴哒，眨眼天冷啦"的叹息。

  雨是天的，雨能肆意，花不能。假如没有这场悖常的雨多好！我想。然而，雨不来，花就不落么？雨不来，花就能结果吗？即使不落在雨里，冬会饶过她么？对着已落和待落的槐，我不知道应该给她们一个怎样的眼神。

  弯腰捡起一粒落槐，嗅嗅，凉气盖过了香气。槐香是带苦的，因为苦，她的香里多了几分药气。这花确是药，敛气止血。这敛得住他人之气，止得住他人之血的槐，咋就敛止不住自己的脚步呢？不然何以一脚跌入这萧瑟秋里，来寻求明媚春呢？

  抬头，看到天晴了，很盼着有人走过，拿根长杆，拎着篮子，把槐们收回家。那样，尽管她们结不成豆荚，在这寒冷的秋日，有一个温暖的去处也好。我实在不忍心，她们那有颜色没神采的眼神，一直看着我呢。

  一场不同凡响的秋雨走过，有谁知道小城角落一个院子里，槐花绽放的梦无声地陨落。院子后面那条河，仍脉脉地东流入海。

利奇马到来之前，蜗牛牵着汽车散步

利奇马，这名字真好听，让我很容易就想到了"以风为马""列子御风"这些传说。

然而，利奇马终究是台风，不像神话里的风具备了佛啊道的度化脾性。关于台风是什么，我是极力抛开地理学天文学的概念，想给他一个有生命温度定位的。这个问题，从两年前帕卡来的时候，我就开始想了。

帕卡，是那年第14号台风，是13号天鸽呼扇着翅膀给招引着来的。当时一则新闻报道用了这样的字眼儿，"从卫星云图上看，有一群台风胚胎正在太平洋集结"。既然是"胚胎"，台风就跟生命有关了，不管这胚胎注入的，究竟是电影《哪吒》里的"魔丸"还是"灵珠"。"魔"也好，"灵"也罢，既然成了胎，就是条性命。

帕卡来的那几天，电视上画面是沿海地区的大树倒了，大水淹了，满街救援队伍，记得还有一个特别有情怀的货运老板，情急之下把自家大卡车开进决堤口，挡水。我们在北方，又是内陆，帕卡带来的只是几场像模像样的雨。那雨跟平常的雨不一样，一点都不干瘪，很肥，肥了池塘、河流、田野，还有人们的眼神和情绪。

清楚地记得，一场雨后，我拿了快递没有上楼，悠悠地顺着国道溜达，走到一家医院门口，看走出来的人们表情，揣摩哪家是添丁之喜，弄璋弄瓦，哪家是危重急难，揪心煎魄；最后我把快递袋子垫上，坐在一个池塘边，看了半天水里的鸭子和岸上的水草。

究竟我想出了个什么呢？看着天在池塘里照着的样子，我臆断：池塘是大地的一个出口，偶尔让自己对着世界倾吐压抑在满胸腔的气，那么台风就应该是大海洋的出口吧。

地球上"三山六水一分田"，占了六个份额的海洋才是这个世界的老大。人家常年这样波波荡荡的未免平淡单调了吧，凭什么不允许人家抻个嗓子吼一下，伸个懒腰抖擞抖擞呢？那三个份额的山还有火山呢，睡上一段时间闷了，他就会醒来。人们看到的喷焰冲天，只不过是他吐的一两口气罢了。

帕卡们走后这两年里，大大小小的台风，皮影戏角色一样，晃过一个又一个。现在利奇马来了。今天电视上说，南方一棵百年大树被连根拔起，砸倒了水泥电杆，电杆砸毁变压器，导致一千五百多户断电。我知道，这只是利奇马神力的冰山一角。

今天早起看微信，沧州西站高铁停运列次已达到四十六个了。那个脑袋长得跟梭一样，跑起来跟箭头子似的家伙，是不怕雾霾不怕冰雪的啊，但是他要在利奇马这里避让三分了。

我不出远门不坐高铁，但就算起床遛个早，也感受到了利奇马的威力了。

平时，小区和护城河夹着的带状公园就像个大五线谱，天一亮，人们就跟五线谱上举着大脑袋、拖着长尾巴的音符似的，密密麻麻的。小径上快步走的，长凳上压腿伸腰的，大福盘广场上练五禽戏的，绕着公园的长路上，一队长跑的，热气腾腾地呼喊着口号……可今天，不，昨

195

天也是，时疏时密的雨，跟大扫帚似的，把遛早的人们扫回了小区火柴盒似的叠着的屋子里。

公园里少有的静，河边也是。平时河边钓者雨里日下撑着的伞，红红绿绿跟水边的蓼花一样多。只有雨没有风，树也安静得很，长圆宽窄的叶片子，一律托举着分不清是雨是露的水珠。叨了连阴雨的光，有些天没有修剪了，草像趁爹妈不在暂时当家的小鬼一样，横着竖着疯长，有的抢抢夺夺地还秀出了穗子。草跟树的颜色一律很肥，仿佛一使劲儿会吱吱地冒出绿色的油来。

拍个图片给远在南方的遛友，加上图解文字"道长草木深"，她回复说，自己已经三天没有下楼了，真想"灰"回来啊。我知道，异地他乡，她比我更缺少遛友。我说，不用你"灰"回来，俺有鱼为伴呢。

护城河里的鱼应该比岸上的人多，护城河里的鱼应该熟悉岸上的人。虽然鱼们眼睛看不到人们的面孔，但是天天咕咚咕咚人们走过跑去，脚步大小、步幅长短，鱼的耳朵应该能够听得清楚的。即使它们的记忆只有七秒，但如果不间断地七秒七秒地强化，它们应该是记得住的。

护城河里的鱼一定有时也寂寥，不然何以很多时候，它们要扑拉扑拉地窜出水看看？莫非在没有人行走的深夜，它们就会跟传说中的一样，到岸上来溜达溜达，出出气儿，解解闷儿？

此时，我在我的树间土径，鱼在鱼的河里水径，隔着一条岸和水泥栏板，我们并着肩遛早，在利奇马台风到来之前。

抬头，望见了106国道大桥上，大小车辆梭一样来回穿，红的，蓝的，白的，黑的，长尾巴的，秃脑袋的……看着看着，觉得它们都变成鱼了，深海里的鱼，五彩缤纷，形态各异。

想到这些，我被自己惊到了：刚刚重读了马尔克斯的《百年孤独》，莫非他的魔幻密码真的像潘多拉的盒子袭击占领了我？奥雷里亚诺上校用一辈子，在封闭的作坊里，打造的小金鱼是我无论如何也无法揭开的谜。

在台风来临之前，最活跃的就是鱼，莫非马尔克斯那条孤独的鱼，穿越大洋，附着台风逐我而来？索性，我把自己也变成一条鱼吧，不管是奥雷里亚诺的鱼，还是庄周濠梁的鱼。

当用鱼的视角看路的时候，我看到了蜗牛。

雨天，台风到来之前的雨天，它们比鱼们兴奋，踮着脚站在草尖儿，叽里咕噜爬到树上。红水泥砖砌成的小路上，它们三五成群，仰着长脖子，举着大触角，向路的那一面去。

我不出声，只默默地看着，它们不会在意我的存在。它们有的从路的这边去到那边，有的从那边去到这边。路，我只需一步就能跨过，即使我是一条寸把长的小鱼，游过去也是分秒的事。但对于它们，这却是一个远程，一个不亚于利奇马从大洋到陆地的距离。它们究竟去对面干什么呢？路的这边和路的那边不都是一样的草地么？

正跟不知道过道上的汽车要从哪里去到哪里一样，我也不猜不出蜗牛们。但有一点我知道，蜗牛们走过的地方，跟天上飞机拉线一样，总会留下一条亮亮的线。有雨的天气看不到，等天晴了，红的砖路上，侧着阳光看，一道道，一层层，满是的。其实，汽车何尝不是？日里夜里风里雨里走过，它们的脚印一层层地叠在路上，就是一本看不见的书，只有它知道自己的心思。

这疏疏密密的雨是利奇马的先锋官，打开朋友圈，看关于利奇马的路径，我知道他就要来了。在他到来之前，作为一条鱼，我看到了蜗牛牵着汽车在散步。等利奇马呼哧呼哧赶来了，他会注意汽车、蜗牛和鱼们的眼神么？

一边看蜗牛牵着汽车散步，我一边且等利奇马来访。